희망이 외롭다
김승희 시집

문학동네시인선 034 김승희

희망이 외롭다

피렌체, 세례당 정문에 안드레아 피사노의 '희망(Spes)'. 그녀는 앉은 채 아무래도 닿지 않을 과일 쪽으로 맥없이 양팔을 뻗고 있다. 하지만 그녀에게는 날개가 달려 있다. 이것보다 더 진실인 것도 없다.

—벤야민, 『일방통행로』에서

시인의 말

6년 만에 시집을 묶는다. 아홉번째 시집이다.

부서진 세계 속을 더듬더듬 나아왔다. 수도꼭지를 들고 다닌다고 물이 나오는 게 아니듯 희망을 희망하는 게 너무 외로웠다. 영혼을 지키기 위해선 가끔은 풍자의 편을 들기도 하였다.

폐허에서 쓰러지기 직전에 가끔은 말의 에피파니(epiphany)를 꿈꾸기도 했다. 신은 시인에게 언어와 언어의 꿈을 주었기에. 결국은 말의 에피파니가 부서진 세계와 영혼의 병을 구원하는 것일까? 거기에 그리움이 있었고, 희망의 빈혈로 너무 아플 때면 우리말을 부여잡고 우리말에 기대어 울어보기도 했다.

간신히, 희망!
정말 희망은 우리에게 마지막 여권, 뿌리칠 수 없는 종신형인가보다.

2012년 12월
김승희

차례

1부

희망에는 신의 물방울이 들어 있다

꽃들이 반짝반짝했는데
그 자리에 가을이 앉아 있다

꽃이 피어 있을 땐 보지 못했던
검붉은 씨가 눈망울처럼 맺혀 있다

희망이라고……
희망은 직진하진 않지만
희망에는 신의 물방울이 들어 있다

반투명한 불투명

그런 건가? 보이지 않는 건가?
그런 건가? 들리지 않는 건가?
그런 건가? 알지 못하는 건가?
그런 건가? 다 소용없는 건가?
그런 건가? 해가 또 지는 건가?
그런 건가? 이렇게 살다 가라는 건가?
그런 건가? 하루하루 오늘은 괴로움의 나열인데
그런 건가? 띄어쓰기도 없이 범람하며 밀려오는 나날
그런 건가? 내일도 오늘과 같다는 건가?

희망의 연옥

"이 세상은 항상 폐허야. 하지만 우리에겐 작은 기회가 있어.
만약 우리가 아주, 아주 열심히 노력한다면,
우리는 선을 상상할 수 있을 거야. 우리는 파손된 것을 복구할 수
있는 방법들을 생각해낼 수 있어. 조금씩, 조금씩."
—제이 파리니, 『벤야민의 마지막 횡단』에서

그리고 그는 피레네산맥을 넘어
스페인 작은 마을
안전지대에 도착한 뒤
자살로 생을 마감하였다

이 세상은 항상 그런 최후들로 가득 차 있다
파손된 것들을 복구하는 방법 너머로
가을이 온다
어딘지 그런 절벽들이 푸른 포도밭 과수원 뒤에 아득하다

포도밭 주인은 어디로 갔을까
피레네산맥을 백 번을 넘어도 그 너머 그 너머에도
폐허와 절벽이 가득 차 있는 가을 풍경
팔 하나 주면 안 잡아먹지, 눈 하나 주면 안 잡아먹지……
감옥 그 너머의 감옥, 절벽 그 너머의 절벽, 최후 그 너머
의 최후
산맥을 넘고 넘어도 산맥

산맥 그 너머의 산맥, 절벽 그 너머의 절벽, 최후 그 너머
의 최후

우리는 그런 것을 감옥이라고 부른다
희망의 연옥이라고

그래도라는 섬이 있다

가장 낮은 곳에
젖은 낙엽보다 더 낮은 곳에
그래도라는 섬이 있다
그래도 살아가는 사람들
그래도 사랑의 불을 꺼뜨리지 않는 사람들

세상에서 가장 아름다운 섬, 그래도
어떤 일이 있더라도
목숨을 끊지 말고 살아야 한다고
천사 같은 김종삼, 박재삼,
그런 착한 마음을 버려선 못쓴다고

부도가 나서 길거리로 쫓겨나고
인기 여배우가 골방에서 목을 매고
뇌출혈로 쓰러져
말 한마디 못 해도 가족을 만나면 반가운 마음,
중환자실 환자 옆에서도
힘을 내어 웃으며 살아가는 가족들의 마음속

그런 사람들이 모여 사는 섬, 그래도
그런 사람들이 모여 사는 섬, 그래도
그 가장 아름다운 것 속에
더 아름다운 피 묻은 이름,

그 가장 서러운 것 속에 더 타오르는 찬란한 꿈
누구나 다 그런 섬에 살면서도
세상의 어느 지도에도 알려지지 않은 섬,
그래서 더 신비한 섬,
그래서 더 가꾸고 싶은 섬, 그래도
그대 가슴속의 따스한 미소와 장밋빛 체온
이글이글 사랑에 눈이 부신 영광의 함성

그래도라는 섬에서
그래도 부둥켜안고
그래도 손만 놓지 않는다면
언젠가 강을 다 건너 빛의 뗏목에 올라서리라,
어디엔가 걱정 근심 다 내려놓은 평화로운
그래도, 거기에서 만날 수 있으리라

하얀 접시에 올라온 하얀 가자미 한 마리

나는
'나는'이라든가 '내가'라든가 하는
말을 잊어야만 한다고
또한 '나의'라든가 '내'라든가 하는 말도 다 버려야만 한
다고
바다처럼 푸른 식탁보가 깔린
작은 나무 식탁 앞에서
하얀 접시에 올라온 하얀 가자미 한 마리를 보면서
문득 생각나는 것이다

이 은은하고 도도한 광채 어린, 이 접시는 나에게 속삭
인다
흰 살 가자미의 껍질, 지느러미, 빼낸 창자, 형제 자매, 부
모, 고향
그런 것을 다 복원해낼 수 있는가,
내가 주어가 될 수 없다는 것
나의 소유격도 결국은 다 파도 거품처럼 무의미하다는 것
그렇다면 여기서는 접시가 주어란 말인가?
푸른 칼자루가, 모래밭이 주어란 말인가?
오른쪽으로 두 눈이 쏠려 있는 가자미
껍질을 다 벗기우고 하얀 살만 접시 위에 올라와 있다
희망의 현실적 근거가 하나도 없지 않은가?
희망이란 원래 그런 것이 아닌가?

갈 데까지 다 간 마음······
접시에 대한 좌절, 몸부림, 굴종이 오고
이 시대에 누가 장편소설, 대하소설을 쓰는가?
있는 것은 몽타주, 토막토막 단상밖에는,
이 은은하고도 도도한 광채
접시 하나가 세계 전체와 맞먹는 것일 수도
전혀 아름답지 않은 이 접시 위의 몰락
외부는 언제나 파괴적인 힘으로
우리에게 관여한다
이 하얀 접시 앞에 놓인 나이프와 포크
앞의 신경증

그런 식으로 그날 별이 칼집 난 내 가슴에 소롯이 들어
왔다

말은 울고 있다

말은 울고 있다
제 무능을 울고 있다
말은 모든 것이지만
말은 아무것도 아니다
말은 울고 있다
소리 없이 울고 있다
소리 소리 소리 소리뿐이다
소리 소리 소리뿐일까?
덧없음의 소리의 물 위의 가면무도회다
모네의 수련 위에 떨어지는 햇빛이다
물안개 속에 감싸인 나체의 수련이다
빙글빙글 휘돌아 나가는 소용돌이의 현기증이다
익사했을 때 말은 가면을 벗는다
말의 속살이 복숭아처럼 화안하다
몽유도원도에 말은 없지만 또 말은 복숭아처럼 가득하다
복숭아처럼 가득한 말은 말의 피안에 있다
잡을 수가 없다 형용할 수도 없다
말은 아무것도 아닌 것이다
말은 미끌어진다
말은 모든 것의 피안이며 아무것의 피안이다
나는 울고 있다
나는 나인데
네가 아니고 나인데

모든 것이며 아무것도 아니며
말의 기원도 아니며
말보다 뒤에 물결의 흔적처럼 나타나는 자
허무이자 피안이다

향그리움…… 언어의 항아리다

자유인의 꿈

자유인……
그건 오해야,

땅끝에서 바다를, 바다의 끝에서 하늘을
그렇게 도화지를 다 지워버렸다고,
처음인 양 푸른 파도, 흰 구름, 갈매기를 바라보고 있다고

그건 오해야,
홀로 가는 구름은, 새는, 파도는 자유를 어쩌지 못해

자유는 그런 데서 오지 않더라,
죄의 깡통을 들고 피를 빌어먹더라,

장터에서 지는 싸움을 다 싸우고
시선으로 포위된 땡볕, 장마당 한복판에
피 흘리는 심장을 내려놓았을 때
징 소리가 울리고
막이 내리고
그런 패배를 견뎌야 자유인이 되더라

소금을 뚫고
꿈,
미친년의 머리에 꽂은 꽃 같은 거더라

시시포스의 말뚝

물 묻힌 붓으로 바위에 글씨를 쓴다

물 묻힌 붓으로 바위에 글씨를 쓴다

물 묻힌 붓으로 바위에 글씨를 쓴다

물 묻힌 붓으로 바위에 글씨를 쓴다

물과 바람과 싸우다

바람 묻힌 붓으로 바위에 글씨를 쓰다

바람 묻힌 붓으로 바위에 글씨를 쓰다

바람 묻힌 붓으로 바위에 글씨를 쓰다

바람 묻힌 붓으로 바위에 글씨를 쓰다

(유언장 이와 동일)

(묘비명 이와 동일)

매화는 힘이 세다

다른 것은 몰라도
저 얼음 덩어리 빙하의 땅 밑에는
곰이 겨울잠을 자고
죽은 유리디체를 찾아 오르페우스가 간 길이
구뷔구뷔 있을 것이다,
겨울잠을 자는 곰보다도 못한 것이
인간이다
인간은 부스럭댄다,
그 인간보다도 못한 것이 저승의 악사다
빙하를 뚫고 저승으로 길 떠난 오르페우스다
죽음을 우는, 죽음을 살리려는 오르페우스다
살리지 못하였다
유리디체는 이미 죽었고 다시 한번 또 죽었다
강물이 풀리면
그 물 위로 오르페우스의 머리와 수금이 둥둥 떠내려간다
그 혼이 피기 전에 매화가 핀다

매화는 힘이 세다

홀연(忽然)

홀연······ 아름다운 말이다
홀리는 말이다
상상력을 주는 말이다
고도를 기다리는 말이다

그 말에 기대어 아침을 본다
그 말에 기대어 기도한다
철로에 누워 하늘을 보는 마음
서로 사랑한다면 두려울 것 없으리, 그런 마음

홀연······ 누구나 그 꿈을 갖는다
홀연 누구나 그 사랑을 갖는다
홀연 누구나 어깨를 기대고 싶은 말이다
누구나 알고 싶은, 그러나 알 수 없는
슬픈 내일 같은 말이다

가슴

세상에서 말 한마디 가져가라고
그 말을 고르라고 한다면
'가슴'이라고 고르겠어요,
평생을 가슴으로 살았어요
가슴이 아팠어요
가슴이 부풀었어요
가슴으로 몇 아이 먹였어요
가슴으로 산 사람
가슴이란 말 가져가요
그러면 다른 오는 사람
가슴이란 말 들고 와야겠네요,
한 가슴이 가고 또 한 가슴이 오면
세상은 나날이 그렇게 새로운 가슴이에요
새로운 가슴으로 호흡하고 맥박 쳐요

'하물며'라는 말

하물며라는 말이여, 참으로 아름답도다,
그 말에는
슬픔 가득한 서광의 눈동자가 들어 있고
아무것도 아닌 사람을 아무것도 아닌 사람이
다시 한번 돌아다보는 사랑이 들어 있다,
비천한 것들에 대한 굉장한 비탄이 들어 있다

사랑하지 않는 마음에는
하물며가 없다,
마음이 마음이 아닐 때 들려오는 말이여,
하물며라는 증오를 거부하는 말이여,
아무것도 아닌 네가 아무것도 아닌 나를
한 번 더 은은히 돌아보는 눈길 같은 말이여
한없는 바닥에서 굉장히 쟁쟁한 말이여

'부디'라는 말

바람은 불며
부디라는 말을 남기고
꽃송이는 떨어지며
부디라는 말을 퍼뜨리고
논밭은 하늘을 보며
부디라는 말을 올리고
폐허 가운데 지어진 병원은 하늘을 보며
부디라는 말을 남기고
세상은 어찌 보면 그런 말들로 이루어져 있고
수평선 지평선
그런 말들의 숨결
그런 말들의 안부
그런 말들의 당부로 얼룩져
나무들은 자라나며
나비는 날아가며
파도들은 춤추며
해와 달과 별들은 노래하며
장미 꽃잎 위에 장미꽃보다 더 커지는 이슬의 몸을 붙잡고
흔들리는 여자의 몸은 삐걱이며 덜그럭거리며
순식간에 무너져내리며
햇빛도 물도 바람도 숲도 바다도
부디 부디 부디……
우리의 말은 이 세상에 있을 곳이 없어

달에 가서 쌓이고······

—

—

'아직'이라는 말

아직이라는 말 참 좋아,
자유로를 달리고 있는데
갑자기 왼쪽 차선에서 빵빵…… 경음을 울리며 누가 소
리친다,
"저기요, 거기 타이어 빵꾸 났어요!"
"어디요? 저기, 어떤 타이어요?"
"운전석 아래 타이어 빵꾸 나서 움푹 들어갔어요."
아무것도 느끼지 못했는데
아무 소리도 못 들었는데
타이어에서 바람이 새고 있다고 한다,
어쩐지 땅이 갑자기 푹 꺼지는 것도 같고
"어떻게 해요? 네?"
"아직은 괜찮아요. 조금 더 가다 임진각 쪽으로 나가서
보험회사에 전화하고 기다리세요. 아직은 괜찮아요……"
휙 지나쳐 청년은 이제 저 멀리로 앞서 달려간다

벌써라는 말에 비교해보면
아직이라는 말 너무 좋아,
아직 살아 있구나…… 벅차게 손목을 잡아보는……
아직이란 말은 무제야,
아직이라고 말할 때
입천장 가득 활짝 일어서는 향기로이 넘치는 반원의 무
지개,

아직은 더 갈 수 있다잖아……
풍경을 깨며 수직으로 내리꽂히는 사랑의 번개,
타이어가 움푹 꺼져 벌벌 떨고 가면서도
아, 머리가 시원하다,
아직이란 말

'이미'라는 말

이미라는 말,
그런 것이다
언제 찬란했냐는 듯
겨울의 눈송이가 다 녹아 스며들었다는 말이다
아마 그럴 것이다

이미란 말은
그런 것이다,
공중에 뜬 리프트 상태에서 추락해 전신에 큰 부상을 입
은 발레리나,
노을이 가슴에 내려와
한 사발 가득 목울대부터 채우던 울음,
언제 찬란했냐는 듯
빈 사발에 쓸쓸한 물빛만 맴돌고
벌써 그렇게 되었다는 것이다,

모기장처럼 뻥뻥 뚫린 가슴 안에 모기는 이미 들어와 있다,
움직일 때마다 모기 소리가 식식거리는 흉곽,
어차피 그렇게 되었다는 것이다,
얼어붙은 가슴팍 밑으로
이미, 터무니없이,
언제 찬란했냐는 듯
그런데

봄눈 녹아

복수초부터 수선화, 유채꽃, 노루귀, 한계령풀, 나도바람
꽃, 너도바람꽃,

개나리, 진달래……

줄을 이어 꽃잔치가 올라온다는 것이다,

덜어내고도 다시 고이는 힘!

이미란 말이다

'어쨌든'이란 말

뉴질랜드에 사는 유방암 여인이
앞으로 5개월밖에 더 살지 못한다는 말을 들었다
그녀는 앉아서 죽기보다
열심히 사는 도리밖에 없다고 생각했다
그녀는 바빴다
죽음을 준비하느라고 바쁘게 살았다
자신이 들어갈 관에 유방 모양의 장식을 만들었다
유방암도 자기 삶의 중요한 일부이기에……
친구 화가는 관 위에 삼십여 개의 유방 모양을 그려주었다
관 위에 삼십여 개의 유방 모양의 가슴이 그려졌다
어쨌든 그것은 아름다운 가슴들……이라고
친구 화가는 말했다
유방암 여인은 이제 죽음이 두렵지가 않았다
수면 상자……에 편히 들어갈 수 있을 것이라는
생각이 든다고도 했다

젖을 먹으러 돌아가요……
어머니 젖가슴으로……
어쨌든 그것은 아름다운 유방들……
눈이 부셔 눈을 못 뜨고 입을 오물거리며 젖을 먹던
향기로운 유방으로, 초첨이 햇빛처럼 쌓이던 그, 때, 로,
청천의 유방에서부터 수많은 음순을 지나 고요히 난자 속
으로 돌아가면

그때 거기로 갈 수 있을까요

만토바에서 발굴된 오천 년의 포옹
두 사람의 뒤엉킨 다리뼈를 보아요
허벅지와 장딴지가 X자를 그리며 둘이 엉켜 있네요
그때 거기에 그 사람들 살고 있을까요
만날 수 있을까요
어쨌든, 그때 거기, 거기에,

'비로소'라는 말

뉴욕 유니언 스퀘어 지하철역 곳곳에서
'FEAR(공포)'라는 흰색 글자를 선명하게 써넣은
검은색 상자 37개가 발견된다,

37개의 봉인된 검은색 상자 위에 선명하게 씌어진
'FEAR(공포)'라는 흰색 글자가
구두 아래 땅을 요동치게 만들어
앞도 끊어지고 뒤도 끊어지게 한다
캄캄하다
봉인된 것들은 캄캄하다

지금이라는 것을 느낀다
지금이라는 것이 압축된다
뼈마디에 하얀 서리가 끼고
코에서 뜨거운 수증기가 나오고
하얀 구토가 울컥이고
하체에서 오줌이 줄줄 흐르며
붉은 피가 고인 눈동자에서 하얀 화약이 터지고
사랑하는 사람은 지금뿐이라는 것을 안다

'FEAR(공포)'는 지금을 알게 한다
사랑하는 사람만이 지금을 안다
우리의 나아갈 길은 지금뿐임을

비로소 안다

 —

'아랑곳없이'라는 말

결국 모든 시의 제목은 이런 것이 아닐까?
나는 이렇게 위독하다……는

이상은 그렇게 위독의 문학을 했다,
나는 이렇게 위독하다고,
김유정도, 카프카도 그런 위독의 문학을 했다,
폭설이 가혹해지면
봉쇄 수도원처럼 침묵과 폐쇄의 자리가 된다,
나가지도 들어오지도 못하고
극한의 맹지, 봉쇄 추위 속에 누워
백 년 전쯤 태어난 이상, 김유정, 윤심덕, 백석 들의
고독과 위독을 생각하고 있는데
멀리 제주도에서부터 수선화와 유채꽃이 피기 시작했다는
샛노란 소식들이 올라오기 시작한다,
수선화와 유채가 꽃망울을 터뜨리기 시작했다는……
혹한에도 아랑곳없이 수선화가 무리 지어 꽃을 피워
싱그러운 향기를……
아, 제발,
아랑곳없이……
그런 말

위독의 문학도 그런 최후의 경지에서 이루어졌을 것이다,
아랑곳없이……

폐결핵 3기에서도
심장에서 더운 김이 펄펄 나고
구름도 얼어붙은 차디찬 푸른 하늘에 링거 병을 매달고
아랑곳없이……
더할 나위 없이 좋은 최후의 그런 말……

'저기요'라는 말

저기요……
저기요……
누가 날 부르는 건가?
길가엔 흙길과 나…… 그리고 아무도 없는데
들국화, 구름 한 점, 한가한 새 그림자……
나를 부르는 건가?
무엇이 부르는 건가?
저기요……
저기요……
흙이 부르는 건가?
들국화가 부르는 건가?
새가 방금 빠져나간 공기가 부르는 건가?
나를 부르는 건가?
땅이 구름을 부르는 건가?
바람이 산을 부르는 건가?
저기요……
저기요……
저기요……
저 산이,
저 강이,
아니 도대체 저 산천이 왜 누구를 부르고 있는 건가?
새 한 마리가 날아갔을 뿐인데

'아~'라는 말

아~라는 말 속에는 모든 것이 잉태된다

아~는 우리말의 알파와 오메가요
시종, 전부, 총체다
아에서 채가 생기고 채에서 병이 생기고 병에서 죽음이
온다

혀를 지나 목젖의 어두운 뒤, 속까지 보여주는 이 적나라
한 비탄,

아, 속에서 매화가 피어나고
아, 속에서 백록담의 푸른 물은 산맥을 춤추며
아, 속에서 한라에서 백두까지
가장 뜨거운 체온의 역사를 간직한 붉은 진달래가 연달
아 피어나며
내부가 외부와 열리고
민들레 홀씨들도 아, 속에서 명멸하며 땅을 질주한다

아~ 속에는 끝이 없다
아~ 속에서 끝은 처음이 되고 다시 시작된다

바람을 옷에 싼 여자

여자,
바람을 옷으로 싸고
물을 보자기로 모으는 여자,
해와 별을 가슴에 기르고
정액과 피를 모아
(아, 너로구나, 너였구나……)
그것은 바람의 연애, 사람을 태어나게 한 여자

두 손으로 바람을 모아
뼈와 근육과 신경과 골수를 짜넣은 여자
영혼을 살로 싼 여자
심장 속에 절대로 꺼지지 않는 불을 넣은 여자
언제나 위험보다 더 위험하고
허무보다 더 허무하고
시간보다 더 덧없는 여자

두 손에 모은 바람은 흩어지고
보자기로 싼 물은 흘러 떨어지고
살에 새겨 넣은 혼은 날아가고
숨결로 구름을 만들어도
절대로 꺼지지 않는 불을 심장 속에 간직한
이 여자, 인류 대대로 바람을 옷으로 싼 여자,

여자가 낳은 것

여자가 낳은 것마다
물이 되어버리고
여자가 낳은 것마다 바람이 되어버리니
그럼 여자는 물을 낳은 것인가, 바람을 낳은 것인가
여자가 낳은 것은 뼈이고 흙일 뿐인가

바람의 어머니
물의 어머니
뼈의 어머니
흙의 어머니

보아라, 순간에서 순간까지
이슬에서 이슬까지
여자가 낳은 것이 하늘 아래 가장 좋은 것이면서
여자가 낳은 것이
또 하늘 아래 가장 아픈 것

난설헌의 방

난설헌의 방은 추워서 대낮에도
병풍을 겹겹 둘러야 했다

난설헌의 방은 어두워서 대낮에도
촛불을 몇 개씩 켜야 했다

난설헌의 머리는 찬 서리로 시려서 대낮에도
송이송이 타오르는 화관을 몇 겹씩 써야 했다

자기를 넘지 못하면 죽을 것 같아서 대낮에도
붓 한 자루에 언덕을 넘고자 했다
유선사 87수를 썼다

앉아서 시를 쓰는 그녀의 뼛속으로
땅에서 하늘까지 번개가 흐르고
부용꽃 스물일곱 송이

뼛속에 가득하고 아득하였다

2부

서울의 우울 1

쇼팽은 쇼팽이 무거워
고개를 숙이고 있고
조르주 상드는 조르주 상드가 무거워
고개를 숙이고 있고
환자는 환자가 무거워
도둑은 도둑이 무거워
노동자는 노동자가 무거워
의사는 병이 무거워
고개를 숙이고 있고
아버지는 아버지가 무거워
어머니는 어머니가 무거워
아들은 아들이 무거워
딸은 딸이 무거워
고개를 숙이고 있고
해바라기는 해바라기가 무거워
달개비는 달개비가 무거워
민들레는 민들레가
자운영은 자운영이
칸나는 칸나가 무거워
고개를 숙이고 있는데

힘들어라
내가 내 이름으로 사는 것이 힘들어라

달빛으로 햇빛으로 고발장을 두르고
마음에 들지 않어라
이름 앞에서 고개를 숙이고 사는 것은

서울의 우울 2

어제 조간신문을 깔고 누운 등뼈가 아프다,
아픈 뼈에는 양들의 침묵이 가득 차 있다,
노숙자는 아닌데 늘 노숙의 마음이 있다,
검은 장맛비도 가득 찼는지
어둠 속에서 장맛비 가득 찬 뼈는 흔들거리며 운다,

오늘 여기에서 하루하루는 유격전이다,
유격대는 아니지만 늘 유격의 마음이 있다,
서울은 날이면 날마다 유격전이다,
역사는 잘 가다가 되돌아와서 유령처럼 빛 속에 나타나
기도 한다,
지금 대낮이잖아,
대낮인데도 죽은 역사의 얼굴에
갑자기 플래시가 번쩍번쩍 터지고

언제부터인가 종로구 중학동 근처가 환해졌다,
나날의 어둠과 영원의 햇빛,
일본 대사관 앞 소녀상 머리 위에 누군가 신문지를 접어
햇빛 가리개를 씌워놓았다,
간호사는 아니지만 늘 간호의 마음이 있다,
소녀는 소녀들이고, 소녀의 맨발은
아직도 차디찬 빙하의 역사를 딛고 있다,
소녀상의 맨발에 양말을 신겨주고 싶으나

그녀의 발가락은 잊을 수 없는 대지에 아프게 붙어 있다, ―

나날의 어둠 속에, 낡아가지만
우울을 통과하여 나는 믿고 싶다,
영원의 햇빛이 그 가냘픈 어깨 위에
나날이 내리고 있고 침묵 속의 의미는 날개를 달고 있다,
역사는 일방통행로는 아니지만
나날의 어둠 위에 영원의 햇빛이
하얀 미사포처럼 내리고 있다……

서울의 우울 3
―캔버스 위에 연탄재

나는 시인이다
서울의 시인이다
서울의 아름다움은 마의 두려움.
이곳과 저곳의 불가능한 거리에서 육모초 같은 시는 자
라고
시인처럼 격렬한 경험을 하는 이가 있는가
하루 종일 마늘만 깐다
나는 공기다
하루 종일 흘러다니다가 퇴근 후 하수구 속에 들어온다
쥐의 시선들이 반짝인다
나를 노린다
백 년 전 버클리 대학교 박물관 쇼 케이스에
전시되어 있던
〈나는 인디언이다〉라는 제목의 그 사람 같다
보여지는 괴로움과 보는 눈의 괴로움
우울을 버리려다 더 우울만 창창하다
나는 책장수다
가르칠 무엇도 없는데
가방을 들고 학교에 나간다
나는 하수인
나는 심부름꾼
쇄빙의 아침이다
오늘 하루도 얼음장을 깨고 쇄빙의 시간 속으로 나간다

갈비뼈 있는 데서 피가 흐른다
쇄빙의 칼날 밑에 오늘도 네 사람의 학생과
한 사람의 교수가 자살했다
면류관 같은 얼음칼이 쇄골에 쿡쿡 박힌다
속이 차디찬 사과의 반쪽이 떨어져 있다
차바퀴가 하얀 사과의 속살을 뭉개고 지나간다
반쪽 가슴의 사과는 아프다
조간신문이 내 골 속에 떨어진다
돈 돈 돈…… 하고 우르르 몰려간다
나는 시인이다
연탄재를 버리려고
연탄집게를 들고 영동대로에 서 있다
버릴 곳이 없다
얼어붙은 입이 자꾸 구겨지며 피가 터진다

서울의 우울 4

타살이라고 할 증거가 없으면 자살로 본다,
법의 말씀이다

어느 자살도 깊이 들여다보면 타살이라고 할 증거가
너무 많다

심지어는 내가 죽인 사람도
아주 많을 것이다,

자기 손으로 밧줄을 목에 걸었다 할지라도
모든 죽음을 잘 살펴볼 필요가 있다는 것을 안다

자살도 타살도
금환일식이다

서울의 우울 5

오늘의 날씨,
모기가 힘이 없어요

우리는 일회용 건전지가 아니다
우리는 크리넥스 티슈가 아니다
우리는 편의점 나무젓가락이 아니다
우리는 당일치기 풍선이 아니다
말할수록 야위어가는 메아리가 아니다

모기에게 대포를 쏘지 말아달라

왜 우리는 불안한가
밥을 먹고 있어도 불안하고
약을 먹고 있어도 불안하고
일을 하고 있어도 불안하고
일이 없어 놀고 있어도 불안하고
아침에도 불안하고
저녁에도 불안하고
죄라면 열심히 일한 죄밖엔……
유능해도 불안하고
무능해도 불안하고
낮에도 불안하고 밤에도 불안하고
왜 우리는 쥐새끼처럼 늘 불안한가

왜 이 도시엔 이렇게
골목마다 어린 소녀를 따라가는 성추행범이 많은가
성폭행 하고 손목까지 잘라 유리컵에 꽂아놓는 미친놈이
많은가
왜 이 도시엔 이렇게 손바닥 뒤집는 거짓말이 많으며
왜 손바닥 뒤집는 그 손바닥들로 하늘이 자욱한가
왜 나의 하늘을 누가 가리고 누가 뒤집는가
왜 이 도시엔 이렇게 법이 허전한가

정녕 모기에게 대포를 쏘지 말아달라

서울의 우울 6

마른 뼈 가득한 도시.
산마루마다 마른 뼈 층층이 쌓이고

누군가는 오늘 칼날 능선에서 떨어져 죽고
빙산 가운데 하늘을 향하고 누워
말 한마디 없이 고요히 하늘을 향하고
숨을 몰아쉬고 있었다

그래 언제부터인가 산다는 것은
칼날을 부여잡고 사는 것이었지,
칼날을 잡은 쪽은 언제나 나였다,
그러니까 그 피는 나의 피였다

칼날 능선이 있는 곳은 히말라야 낭가파르바트,
칼날 능선은 서울에 더 많이 있다,
칼날 능선에서 추락사한 사람 수도 서울이 더 많을 게다,
서울은 칼날로 이루어진
칼날 능선이다

더이상 갈 데가 없다
손이 붙잡을 것이 없다

서울의 우울 7
─메아리 기르기

메아리는 메아리가 슬펐다
메아리는 메아리, 타버린 성냥개비처럼 자기 말이 없었다
메아리는 메아리,
갔다가 오는 것,
메아리는 메아리 너머를 꿈꾸지만
메아리는 그저 갔다가 돌아올 뿐

오늘의 적이 어제의 적이 아니었으면
어제의 적은 어제의 적
오늘의 적은 오늘의 적
내일의 적은 내일의 적
전선이 그렇게 분명했으면
어제의 적이 오늘의 적이요 오늘의 적이 내일의 적이요
내일의 적이 모레의 적이고
결국 어제의 적이 모레의 적이라면

메아리는 메아리가 미웠다
메아리는 메아리, 가냘픈 메아리의 피는 파랗기만 했다
메아리는 메아리,
흘러가지 못하는 것,
무지개는 무지개, 그 너머를 꿈꾸지만
메아리는 메아리, 갔다가 오다가
파아랗게 다만 사그라지는 것,

메아리는 불현듯 울창한 피가 부러웠다

적도 사랑도, 미움도 아픔도, 죄악도 심판도,
계산도 전선도 다 안고, 뭉뚱그려 껴안고, 활활,
세상에서 가장 아름다운 꽃,
붉은 인주(印朱) 찍어 지문으로 남긴
송알송알 피 배인,
장자연의 유서
자본주의의 드라이아이스 속에 빠져 허덕이다가
끝내 빠알간 한 송이 꽃으로 꺾여
불같이 퍼덕였다, 그녀,
표표, 북망, 훨훨

서울의 우울 8
─다리 위에 전화기

물이 목까지 차올라
자살하러 한강 다리에 갔더니 전화기가 있더라네,
물이 목까지 차올랐는데
무슨 말이 더 필요하겠는가,

이제 아무 원망도 하고 싶지 않네,
구멍으로 사라진 상상의 토끼를 구하고 싶지도 않네,
그래도 전화기를 보니
옛날 노란 전화번호부, 그 많던 이름들이 떠오르고
나에게도 전성기가 있었지…… 때아닌 미소도 떠오르고

물이 목까지 차올랐는데
무슨 이름들이 더 필요하겠는가,
나의 수준이 너를 결정했으니
아무 얼굴도 떠오르지 않고
개도 웃고 소도 웃는 이 난망,
아열대 흡혈 거머리처럼 나를 흡입하던 귀먹은 캄캄함
이여,

나의 수준이 너를 결정하였고
너의 수준이 나를 결정하였으니
자살하러 다리까지 와서 새삼 뭉크의 심연을
그려보긴 그려보더라도

물이 목까지 차올라
자살하러 한강 다리에 갔더니 전화기가 있더라네,
아무 생각도 안 나는데
구멍 속으로 깡충 뛰어 들어간
여보세요…… 상상의 토끼를 손이 마구 부르더라네

서울의 우울 9
—앵무새 기르기

영혼 없는 새
남의 말을 따라 하는 새
고장난 녹음기보다 더 나쁜 새
내 영혼을 들킬까봐 남의 말 뒤로 숨는 새
세상은 그런 새를 기르기를 원한다
그런 새를 만들려고
학교를 만들었고 입시를 만들었고
사법고시를, 언론고시를 만들었다
앵무새를 길러놓으니 참 편해, 내 말을 다 해주잖아……
한 번도 아니고 두 번도 아니고 매번 그렇게……
참 고마워라,
숲에서 우는 소쩍새여, 꾀꼬리여, 부엉이여,
놀라워라
제 소리로 제 슬픔을 애통하며
예레미아 선지자처럼
세세년년
남의 슬픔을 관통하는 새
앵무새는 죽어도 못 따라갈
영혼 고운
새

서울의 우울 10
—장자연의 꽃송이

꽃이다
꽃송이다
핏빛 지장(指章) 찍어
꽃송이를 남겼다
유서를 쓰려거든 똑 이렇게 쓰렸다!
원수여, 내가 너를 단죄하러 가는 길,
원수의 이름도 모르고
원수의 집도 모르고
원수의 눈 코 입 면상도 모른 채
원수여, 사는 자와 파는 자, 먹는 자와 먹히는 자,
매매된 자와 매매한 자 사이에 원수가 성립이 될까?
어쨌든, 서울이 소비한 여자, 나보다 빠르고
언제나 나보다 고상하고
언제나 나보다 힘센……
너는 여기에도 있고
거기에도 있고
너는 여기에도 없고 거기에도 없고
나의 말을 나보다 더 많이 갖고 있고
나의 눈동자를 솔개보다 더 빨리 파먹고
악수를 하며 복수를 하고 복수를 하며 악수를 하는
원수여,
원수는 언제나 벅차다
너를 찾아 단도를 품고 가는 길

집도 모르고 코도 몰라

하얀, 흰, 허어연
광목에 동백처럼, 광목에 양귀비, 광목에 목단처럼
붉은 지장을 찍고
꽃송이 몇 송이 목숨 다해 친필로 흩뿌렸나니
유서를 쓰려면 똑 이렇게 쓰렸다!
유서 한 장 남기고
오늘도 원수를 찾아 오월 만발 초록 길을 걷나니
찢어진 옷고름
피 묻은 흰 치마
그러면 그럴수록 하늘만 푸르르고
그러면 그럴수록 깨끗이 면도한
아침 서울의 면상

병원에 가면 예수가 많다

아픈 사람마다 다 예수다

아픈 사람과 앓는 사람 사이 어떤 차이가 있을까

아픈 사람은 인류의 죄로 십자가를 지고 있고

앓는 사람은 자기 병을 앓고 있다

앓는 사람보다

아픈 사람이 더 슬프다

구할 길이 없다

동작동사는 어떻게 빠져나갈 길을 모색할 것 같지만

상태형용사는 타인의 팔이 닿지 않을 것 같아서⋯⋯

죄에는 마일리지 누적이 있는데

아픔에도 마일리지가 있을까,

— 은총에도 마일리지가 있을까,

죄를 쌓아놓고 병을 앓다가만 간다

서울의 우울 12
―한강 속에 가라앉은 것들

한번 울어볼까…… 하는 마음으로
한강변으로 나선다,
의외로 철썩철썩 한강의 물살은 거세다,
멀리서 보면 한강은 빼어나게 수려한, 충만한 여성적 자
태인데
가까이서 보면 의외로 늠름한 남성적인 강이다,
때로 한강의 양성성을 느낀다

물결이 물의 향기를 실어 나른다,
물결이 철썩철썩 땅의 기슭을 적신다,
한강 아래에 오랫동안 깊이 가라앉은 것들을 생각한다,
낡은 신문지들, 호외들,(때로 인생은 호외처럼 발행된다)
6·25 때 끊어진 다리 밑으로 떨어져 죽은 사람들과
말 못 할 그 보따리들과
아직도 철컥철컥 가고 있는 고물 손목시계,
돈에 울고 사랑에 미쳐 오필리아처럼
노래를 부르며 물속으로 걸어 들어간 가난한 여자들과
물속에 억류되어 뜬눈으로 면벽대좌하고 있는 사람들과
고개를 무릎에 파묻고 말없이 수그리고 앉은 삼류 인생
들과
울며불며 녹슨 밥숟가락들

생각건대 인생은 얼마나 깊은 오롯한 것인가,

대동여지도의 이면, 축축한 어둠의 수족관에서
백 년 천 년 퉁퉁 불어
너덜너덜 가슴 뜯긴 뼈의 현에 맞춘 노래가 들려오니,
물속에 오래 가라앉은 말 못 할 것들에 대하여,
나 대신 나를 울어주는 한강 물살에 대하여
하루 한 번씩 한강 다리 앞에 서보는 찬란하게 빛나는
캄캄한 이승에 대하여

서울의 우울 13
─위층 사람

당신은 지금 나의 하늘을 밟고 서 계십니다.
천상천하 유아독존 하지 마시고
천상천하 유타공존 하십시오.

당신의 하늘을 밟고 서 계시나
소리 내지 않는 그분을 상기하십시오.

당신의 머리통 위의 발바닥을
당신의 발바닥 아래의 머리통을
그렇게 그윽이 생각하면서
함께 물망초 꽃으로 피어나자는 것입니다……

아니요
아니요
물망초 꽃이 아니라 아예 나를 잊으라는 망초꽃으로
조용한 망초꽃으로
너영나영 아득히 피어나자는 것입니다.

서울의 우울 14
—혈액 투석을 해주던 나무님

광화문 앞에 서 있던 나무님들
다 어디로 갔나요,
사람마다 더러운 피를 갈려고
나무 아래 앉아 있던 혈액 투석의 고요한 시간,
혈액 투석을 해주던 늙고 점잖은 나무님들
수고하고 무거운 짐 진 자들아 다 내게로 오라
푸른 팔을 벌리고 우리를 부르던
풍성하고 우아한 님 다 어디로 갔나요

오늘도 세상의 모든 위층은 변기 물을 내린다
오늘도 국가는 변기 물을 내린다
오늘도 자본은 변기 물을 내린다
오늘도 거대 언론은 변기 물을 내린다
오늘도 방송 상사는 변기 물을 내린다

변기 물이 입, 콧속으로 들어가 핏줄로 섞여 들어간다
핏줄을 따라 눈 코 입 폐 심장 신장 자궁으로 신속히 퍼
져간다
변기 물로 넘어오는 음식
변기 물로 숨 쉬는 폐
변기 물로 돌아가는 심장
변기 물로 잉태된 아이

그 많던 좋은 나무님들 다 어디로 갔나요
우리의 피를 혈액 투석해주던
고요한 나무 선녀님들 다 어디로 갔나요
누가 우리의 더러운 변기 물이 도는 혈액 투석을 해주나요

서울의 우울 15
─서울 인, 포자 인

나는 지금 웃을 기분이 아니야,
이렇게 목줄을 매놓고
웃으라고 하면 당신의 입을 찢어놓을지도 몰라,
포자(胞子)들은 서울을 홀로 날아다닌다
다른 것과 합체하는 일 없이
단독으로 발아하여 새 개체가 된다,

받는 것 없이 웃기만 하라는
무리한 세상의 주문에 부대껴
목줄을 잡아당기는 서울을 떠나
난민이나 이재민이 되었나
지하의 난파선이 되었나
아무 데나 어두운 어느 구석에 기어들어가
양치류, 이끼류, 곰팡이균류가 된 포자들
쓰러져 번식하고 널브러져 병들고 병을 옮기는
넘치는 어둠의 농락

포자들은 어느 순간
페스트, 탄저, 살모넬라, 콜레라 같은 칼을 든 살인마가
되어 카메라 플래시 앞에 나타나기도 하고
숨진 지 몇 달 후에나
고스란히 홀로 남은 고독사의 주인공으로 나타나기도 한
다

포자는 말하려는 듯하다,
미안하다,
마음에 들지 않는 데드 마스크여,
외설에 가까운 희망이여,
너무 고독해서 고독의 품위를 지키지 못했구나

서울의 우울 16

문을 열면 절벽이 나타났다

문을 열면 절벽이 나타났다

문만 열면 절벽이 나타났다

〈제목: 열리지 않는 도시〉, 무슨 영화 같았다

문을 열고 들어가도 먼저 문을 열고 들어간 앞사람은 보이지 않았다

저 아래 괴기한 지평만 부우연 회색의 벌판에

무슨 기별처럼 낮달이 뜨고

나무에 걸린 하얀 천들이 나부끼고 있었다

누군가 나무에 걸어놓은 소지천이라고 했다

문을 열고 들어간 앞사람들이 모두 하얀 소지천이 되었다

나무들은 죽어 있었다

파란 하늘엔 양들의 침묵이 가득 흐르고

문을 닫고 나오려고 해도 문은 보이지 않았다

문이 불현듯 벽이 된 까닭이다

돌아와 옥중일기 같은 밤의 일기를 쓴다,
"내일의 빵으로 나는 살 수가 없다"는
랭스톤 휴즈의 말도 쓴다,
언제 오늘의 빵만으로 살아온 사람이 있었던가,

언제나 내일의 빵이었다고 쓴다,
고치는 것보다 허물어버리는 것이
더 나을 것 같은
오늘에

내일의 빵이 모든 희망의 할머니였다고 쓴다,

서울이여, 서울에서,
희망도 스펙이라고 쓴다, 지우고
희망은 오늘
차마 입에 담기 어려운 외설이 되었다고 쓴다

모던 타임스

모던 타임스

꽃들은 행과 행 사이 행간 속에 핀다
하얀 모나드와
하얀 모나드 사이에
'와'는 없어도 좋고 있어도 그만

창도 없고
손도 없다
하얀 모나드마다 하얀 유리창이 나 있다
하얀 유리창은 뿌우연 김이 서린 것처럼 불투명하다

말도 없고
귀도 없다
둥둥 떠간다
노를 젓는다
노를 저어도
바늘만한 뗏목
귀도 없는 침묵의 하얀 카누

안녕하세요?
비가 내리고
눈이 덮여도

부유하다가 노를 젓다가 잠시 부딪치는
무명 무성의
하얀 모나드

하얀 모나드와 모나드 사이에
사이만 있는

모던 타임스

3부

모차르트의 엉~덩이 1

모차르트의 손가락
신의 물방울을 우리 가슴에 떨어뜨려주는
손가락,

잘츠부르크 궁정에서 열리는 연주회 직전
콘스탄체와 음란한 농담을 하느라고
연주회에 늦은 모차르트,
내가 고용한 하인 때문에 내가 왜 망신을 당해야 하냐고
대주교로부터 야단을 맞고 나가다
문 앞에
자기 음악을 듣고 환호하는 사람들이 모여 있는 것을 보고
대주교에게 엉덩이를 흔들며
엉덩이로 인사를 하고 나가는 모차르트,

게임에 진 벌칙으로
엎드려서
혹은 뒤로 눕혀져서
두 눈을 가리고 피아노를 치는 모차르트의 손가락,
〈피가로의 결혼〉을 지휘하는 손가락,
파파게노 파파게나를 부르는 손가락,
한없는 기쁨에 가득 차서
무엇인지도 모를
신의 즐거움에 항상 참여하며

들떠서 피아노를 치다가
일어나 엉덩이를 들썩 보여주는 모차르트,

황제의 조카 엘리자베스의 가정교사를 구한다며
작품 악보를 가져와보라는 시종장의 말에
내가 최고인데
왜 음악을 알지도 못하는 사람들이 심사할
음악을 제출해야 하냐고 항의하는 모차르트,

모차르트의 엉덩이는 바로 그 항의다,
눈물이다,
떠들썩한 웃음이다,
가발 사회에 던지는 천진의 폭탄이다
코앞에서 빵~ 터지는 찬란한 방구다

모차르트의 엉~덩이 2

이 시대 가장 격렬한 삶은 메뚜기,
뛰자, 뛰자, 광야를 뛰자,
가느다란 앞다리, 가느다란 뒷다리,
수확이 끝난 가을 들판,
혹시 떨어진 알곡이라도 있을지

*

피아노 앞에는 많은 낙오한 사람들이 모여 있습니다,
암에 걸린 할머니, 실패한 아버지,
삼십대, 무직, 전문대졸의 아들,
우울증에 걸린 예술 하는 큰딸, 정신지체 막내딸,
이들의 조율 안 된 삶을 무어라 부를까요,
엄마는 예~전에 산으로 갔어요,
오늘은 검은건반을 뜯어먹고 내일은 흰건반을 뜯어먹고
그다음 시간은 생각할 수가 없어요,
앙상한 피아노의 철사줄이 목에 걸려
조만간 수저를 들 수 없을지도 몰라요,
너는 흰건반이 맛있니, 빨간 건반이 맛있니,
피아노는 아버지의 피 묻은 늑골이었어요
피아노 앞에는 조금 실성한 많은 사람이 모여 있습니다.

모차르트의 엉~덩이 3

미안하지만
난 실용 시대의 배덕자,
풍자를 선택한 순간에만 마음을 가질 수 있네,
이건 비밀이지만
접시 물에 빠져 죽는 파리처럼
시대를 선택하면 네가 죽을 수밖에
없다는 예감이 사방에서 다가왔던 것이다,

오선지 위에 마술피리처럼 미끄러지며 날아가는 모차
르트의 손가락은
너무도 비실용적이다, 아름다운 혁명인 것이다,
마술피리……피가로의 결혼……후궁에서의 도주……
파……파……파……파파게나,
파……파……파……파파게노……
도무지 그런 것들은 실용을 비웃는다, 웃는다,

사랑하는 아버지, 저는 이 여자를 사랑해요……
모차르트의 눈물 묻은 편지는 실용을 넘어선다,
낭비벽에 무능력한 콘스탄체를 사랑했단 자체가 실용
을 넘어서는
일이다, 도무지 이해가 안 되는 일이다,

실용을 넘어섰을 때 운명이 나온다,

모차르트는 콘스탄체와 함께 실용을 넘어 사랑의 무용
성을, 운명을 보여준다,
마음껏 사치한 뒤에
어느 비 오는 날
육신 묻을 땅 한 평도 없이
빈민들의 시체와 함께
공동 구덩이 묘지에 던져졌다

모차르트의 엉~덩이 4

이 나라는 코드들의 나라

코드는 코드끼리 만나면 반갑다

코드 바깥에 자유와 해방이 있다고 말하지만

코드에서 멀어질까 두려워!

코드 바깥에는 아무것도 없다

모차르트의 엉~덩이 5

모차르트도 나도
기내식 같은 삶은 어울리지 않지,
기내식 같은 말도
기내식 같은 시도,
삶과 밥과 시는 보다 울퉁불퉁하지

21세기에 들어와서
더 기내식 같은 말이
기내식 같은 시가 많아진 것 같아
모차르트도 나도 참 천역이라고,
삶과 밥은 더 울퉁불퉁해졌는데……

솔직히 말해 모차르트도 나도
맨밥에 냉수 한 그릇, 콩나물무침만
먹고 살지는 않지만
귀족과 왕실 가족, 대주교만을 위해 일해야 하는 것은 좀
그렇지

폐·심장·기관지·식도, 이런 것들을 아우르는 말
흉곽이라고 하는데
그곳에 너무 우글우글한 절망의 음란이 살고 있어서……
(우리 시대에 절망은 꽤나 외설적인 것),
기내식같이 예쁜 말로는 숨이 막히고

그래서
누군지 모를 의뢰인의 레퀴엠을 쓰다가 가게 되었나 싶다

모차르트의 엉~덩이 6
―백 년 뒤에 거문고

어떤 오동나무는 백 년 뒤에
거문고가 된다,
기다려다오,
일백 년 동안,

콩 볶듯이 볶아대지 마오
맘껏 빈둥거리게 해다오

백 년 그 뒤에야 거문고가 될 오동나무
검은 백로가 와서 춤추는 날을 기다리네

시의 응급실에서

시는 응급실, 시는 산소 텐트, 시는 시린 사과 속의 빨간
피,
슬픔은 비료와 같아
시의 이곳저곳에 뿌려둬야지,
시는 임산부의 날
언제가 해산의 날인지 아무도 알지 못하는 날,
시는 폭탄을 안고 달린다,
구름 위로 달린다,
그런데 다랑논 하나만한 논에서
누런 벼들이 익어가고 있다,
밥 한 공기만한 논, 삿갓으로 덮어도 될 만큼
작은 한 공기의 삿갓논,
죽그릇, 밥그릇 하나만한 죽배미, 밥배미,
삿갓배미여,
무릇 환자는 죽 한 그릇으로 원기소성하노니
가을 다랑논 한 배미의 힘으로
나를 살리고 너를 살려
다시 논에 엎드려 언어의 이삭을 줍고
언어의 씨앗을 심게 하나니
층층이 겹쳐진 황금빛 다랑논
당신의 시 한 편
김이 펄펄 나는 밥 한 공기 당신의 서정시 전집

모래 거울

대체 거울에게 무얼 물어보려는 거야?

그만둬,

세상의 모든 거울은 모래로 만들어져 있다네,

거울 안에 꽃이 피었다고
거울 안에 비누 거품 향기가 보름달의 말을 할 때도
거울의 말을 듣는 것이 음악처럼 아름다울 때라도

한 시간

두 시간

거울의 편지를 뜯지는 마

세상의 모든 거울은 모래로 만들어져 있으니까

정치는 그 사회의 거울이다
시는 그 사회의 거울이다
꿈은 슬픔의 거울이다

왜 거울은 모래로 만들어졌을까?

보헤미안 유리 거울

모래밭에 이름을 묻고

떠나기, 환상이라는 거울이 깨져 흩어진 모래만 남은,

얼굴이 없는 신체만 남은, 시간이 사라져 시계만 남은……

흰 잠옷을 뒤집어쓴 채 강에 빠져 죽었다는 어느 화가의
어머니

흰 잠옷으로 가려진 얼굴

거울에서 손이 나와 자꾸만 모래를 눈에 뿌리네

모래 거울

영혼이 없는 대답이라네

낙원역

이것은 영화다······
이런 생각을 한다
이런 생각을 하는 한
고통은 나의 고통이 아니다
핸들을 놓아버리면 죽겠지······
절망은 나의 신경이자 핏줄
절망은 자폭을 향해 간다
강변도로를 달리며 시나리오를 넘기듯이 생각한다

이것은 영화다······
그런 생각을 하는 한
절망은 나의 절망이 아니다
욕망이라는 이름의 전차에 올라
'묘지'로 갈아탄 다음 '낙원'역에서 내리세요······
어느 영화에서 들은 말이다
영화 제목은 잊어버렸는데 마치 그 주인공이 자기 같다

영화를 찍는다고 생각하면
오늘이 오늘이 아니고
자기는 자기가 아니고
내일은 내일의 태양이 뜨겠지요······
절망엔 비약이 있다
폐허에 내일의 태양이 떠오른다

손에 흙을 쥐고 내일, 내일, 내일…… 고향으로 돌아간다
고 말하는
  붉은 여왕, 흙의 딸

  이것은 영화다……
  생각하는 동안
  해가 지고 해가 뜨고
  흰건반이 검은건반이 되고 검은건반이 흰건반이 되고
  집도 절도 없이
  둘 사이는 멀어지고 멍하고 멍멍하고
  고통은 타인의 고통
  주인공은 늘 고난에 처하지만 사랑을 독려한다
  죽음보다 고독이 더 무서워
  시멘트 속에서 어린 시절의 꿈을 생각하네

  심장이 총알에 뚫렸을 때도 죽지 않는다
  총알 구멍 사이로 파란 하늘을 본다
  이것은 영화다……

전위의 사람

전위의 사람들은 대개 총을 맞고 먼저 죽는다
몸속에 수천 마리 나비가 날아다녀서일 것이다
산다는 것이 조금 비굴하다고 느껴지는 때가 있다
밥 먹고 사는 일에 문제가 생겼을 때다
밥을 안 먹고 살면 되지 않을까,
김수영도 푼돈을 벌려고 번역거리를 해서 잡지사에 가 앉
아서
편집자들에게 당신이 일해오는 것을 보면 무섭다는 둥
그런 모욕, 희롱, 고통의 말을 듣기도 했다지만
전위의 사람들이 총을 맞고 죽으면 멋있지만
배우처럼 등을 바꾸고 살면 비굴이다
배우는 앞으로도 뒤로도 등을 바꿀 수가 있다
전위의 사람들은 몸으로 온몸으로 나비를 해야 한다
비눗방울을 해야 한다
봐라, 나비 날개는 너덜거리고
비눗방울은 선풍기 날개에 부딪쳐 찢어진다
선풍기의 앞과 뒤는 완전히 다르다
폭포수 같은 바람이 돌지 않는 것이다
선풍기는 앞과 뒤를 확연히 끊어놓는다
전위의 사람은 미래를 향해서 선풍기의 회전 속으로
곤추 떨어져야 한다
절대로 배우의 마음으로 살아서는 안 된다
일회성이라는 금선 위에 서야 한다

용기에는 유보나 반복이 있어서는 안 된다, 선택은
하나의 자살이라고
전위의 사람은 의도하지 않아도 지독하게 냉엄하다
허허롭기 때문이다
서부영화의 마지막 장면처럼
전위의 사람은 언제나 바람처럼 떠난다
가느다란 휘파람 소리가
하늘과 땅의 한가운데를 살짝 파란 나이프로 긋고 가는
것처럼
전위의 사람은 떠날 때까지
온몸 속에 나비가 가득 살아 있는 사람
무지갯빛 비눗방울로 앞으로 점점 춤추는 사람

바람의 바느질

자아
신주단지처럼 모시고 다녔다
자아의 문학을 한다고 했다
행여 부서질까
세상의 중심처럼 갓난아기와 같이 안고 다녔다
구심력이었다
어쩌나 끌어안고 다녔던지
자아의 못에 박힌 가슴이 되었다
자아는 가슴에 박힌 못이 되었다

자아는 세상만큼 커지는 것은 아니었다
바위도 아니었다
내가 밀어뜨리지 않아도
시간이 와서 그것을 잘게 부수는 날이 왔다
마사토나 모래나 혹은 더한 흙의 가루같이
색동저고리 옷고름같이 갈기갈기 갈라진
그것은 목을 간질이고 목을 감는 끈이 되었다
목을 매라고 하는 것 같았다
괴롭고 성가셔
63빌딩 꼭대기 층 화장실에 들어가
변기 속에 넣고 물 내리는 스위치를 눌러버렸다

자아

너는 또 나를 절벽으로 이끌어 갔다
한계령 바람 속에 섰다
바람과 바람이 허공 속에 잠시 매듭으로 묶였다가
풀어졌다가 한다,
모가지에 허공과 바람의 손이 간지럽다
가슴에 파란 이파리가 돋아난다

하얀 구름의 하얀 스크린 위에
'자아'라는 말이 흰 글씨로 흘러간다
그래, 결국, 그것은 말들 속의 한 단어였다
하얀 말들 속의 하얀 한 단어였다
생각해보면 자신이 없다
인생은 그런 단어들을 중심으로 스타카토로 끊어지기만
한다

끊어진 스타카토들을 모아 바람이 넋의 바느질을 한다
그러면 자아가 되고 내가 되고 그대가 되고
또 훨훨 날아가 구름의 자취가 된다
밀가루가 바람에 날아가듯
세상의 오만가지
자아가 원심력의 궤도를 타고 날아간다
아니 궤도 따위는 없다
얼굴 없는 시간이 된다

꽉 다문 이빨 사이로
피가 배어 나오는
석류의

수평선으로 수평선으로
홀로 날개를 저으며 나아가는
갈매기의

밀물에 들고 썰물에 나고
물결에 숨을 맞추고
그윽하게

스페인어로 "나다 이 뿌에스 나다"
우리말로 "아무것도 아냐. 그리고…… 어 아냐, 아무것
도"

얼굴 없는 얼굴로 구름 위에 눕는다
시간 없는 시계로 바람 속에 흩어진다
공허가 나보다 더 큰 그곳에서
그제야 비로소 가슴의 못을 뽑는다
당신의 손을 잡는다

달걀 속의 생 6

달걀은 여전히 냉장고 위 칸에 희고 얌전히 꽂혀 있다,
시간의 연옥,
똑똑똑 떨어지는 물시계 소리,
기다림 없는 기다림으로
채소에서 우거지로
냉장고 문을 열면 언제나 달걀은
은은한 눈초리로 나를 바라본다
내가 순간 환한 피사체가 된다

너 아직 살아 있었구나…… 고운 달걀이여
인생은 얼마나 울퉁불퉁한데
인생은 각목 같은 것인데
아직 그 고운 껍질 아래 두근두근 일기를 쓰는 달걀이 있다
숨결의 적층이 달걀의 일기라면
달빛 서리처럼 숨결은 하얗고 차갑게 퍼져가고
알알이
어룽대면서 아……라고 하나…… 어……라고…… 우……
라고나,
오선지 아래 가리워진 마음
아우라지 강가에서 말문을 못 열고
입김으로 어리던 어룽거림…… 하얀 서리

말문을 못 열고, 알알이…… 알영…… 아리영……

아리랑이었을까······
규원가여, 채련곡, 봄비를 쓰던 날의 난설헌 말고
규원가를 쓰던 밤의······ 난설헌이여,
"봄바람 가을 물이 뵈오리······ 내 얼굴 내 보거니
······스스로 참괴하니 누구를 원망하리"
얼굴이 점점 메말라가며
일그러진 진주여, 뼈까지 시들어가는 병든 야채여
"푸른 난새는 채색 난새에 기대었구나.
부용꽃 스물일곱 송이가 붉게 떨어지니
달빛 서리 위에서 차갑기만 해라."
어느 날 「몽유광상산시」를 쓰고
그리고 마침내 「유선사」를 썼네

「유선사」 속에서 그녀는 붉은 얼굴로 부용봉 언덕을 뛰
어오르고
산을 오르고 향기로운 술을 마시고 붓으로 편지를 쓰고
신선을 만나 사랑하고 채색 구슬을 가지고 놀고
채색 난새를 타고 달빛 서리 위를 뛰어올랐다,
몽유를 타고 유선사를 쓰던 난설헌이 나는 좋았지만
냉장고 속에 부용꽃
부용꽃 스물일곱 송이가 붉게 꽃피었다 떨어지고
몸서리치는 서리꽃이여
나의 지문으로 서리꽃을 문질러 데워보지만

그것은 단지 사랑의 역설

한 노래가 냉장고를 떠매고
한 세상 밖으로 느릿느릿 나아간다
아는 얼굴들이 고개를 넘는 이야기
아우라지 강가에서 속삭이는 애절함
아리랑 고개를 넘어가는 이야기가 있고
못 넘어가고 시들다가 죽어간 이야기도 있는데
똑똑똑 떨어지는 물시계 소리 아래
인생이 너무 추워서
달걀의 일기는 끝도 없이 계속된다

달걀 속의 생 7

네? 저, 이번에도 삼송 냉장고 샀어요,
네? 냉장고…… 도어 타입은 양문형이고요
문 색깔은 루비에 하얀 펄이 반짝이는 것인데요,
아름다워요, 요즈음 냉장고 문은 모네의 캔버스 같아요,
문이 많다고 도망갈 길이 많은 건 아니죠,
피 묻은 캔버스에 하얀 눈이 펄펄 내리는 것 같죠,
양쪽으로 여니까 편리해요,
내부도 깨끗하고 넓게 보이고요,
냉장고 속이 아니라 환한 무대 같다니까요,
헤밍웨이의 「깨끗하고 불빛 밝은 곳」이라는 단편을 읽은
적이 있죠,
한 노인이 너무 외로워서 밤늦도록
깨끗하고 불빛이 밝은 카페를 찾는 이야기,
노인은 엊그제 밧줄로 목을 맸는데 조카딸이 풀어줬다죠,
젊은 웨이터는 노인이 귀찮아
당신은 지난주에 자살을 했었어야 한다고 말하지만
늙은 노인은 귀머거리라 알아듣지 못하죠,
뭘 드릴까요? 바텐더가 묻자
허무
하고 대답해요,
바텐더는 생각해요,
또 미친 사람이군……
허무가 두려워

깨끗하고 불빛이 밝은 곳을 찾는 사람들

"허무에 계신 우리들의 허무이시여, 그대 이름은 허무이
시다"

밝고 깨끗한 곳으로 말하자면 냉장고만큼
밝고 깨끗한 곳은 없죠,
냉장고는 가급적 싱싱한 현재를 지향하죠,
허무가 두려운
세상의 여름과 야채는 냉장고 속으로 다 들어가죠,
삼송 냉장고 안에 당신 갈구의 모든 것이 들어가요,
목이 마르고
목이 마르고
목이 마를수록 냉장고는 점점 더 커가고
가난하고
가난하고
가난할수록 사람들은 더 깨끗하고 밝은 불빛에 의존적
이 되죠,
썩어서 허무가 되는 것이 두려워서요,
캄캄한 육체의 밤이 두려워서요,

민들레 한 단을 신문지에 싸서 냉장고에 두었어요,
삼송 냉장고 안에 민들레가 가득 피고

하얀 민들레 씨앗은 만발하여 흩어져 어디로 갈 줄을 몰라
야채 칸 속에 하얀 곰팡이 홀씨로 맺혀 있어요,
냉장고 문을 열 때마다
신문지 아래서 민들레 한 단이 썩어 남긴 하얀 홀씨들이
조금씩 새나와
거실 바닥으로 밀려다녀요,
거실 바닥 발바닥에 밟히며
바보 민들레
아무리 발버둥 쳐도 냉장고 안을 벗어나지 못하는 시간
이 있죠

달걀 속의 생 8

달걀을 던지지 마라

오히려 달걀이 돌이 되어가는 시간을 기다려라

달걀이 돌이 되어가는 시간이 있다
달걀이 물이 되어가는 시간도 있다
돌보다 작은 다윗의 조약돌이 되어가는 시간이 있다
아무리 발버둥 쳐도 삼송 냉장고 안을 벗어나지 못하는 시간이 있다
돌이 달걀의 안에서 팽창해가는 시간이 있다
수축해가는 시간도 있다

그러저러한 어느 봄날, 부활의 날을 기다려서

세상의 모든 달걀들아, 궐기하라,
양계장에서 도매상 창고에서 슈퍼마켓 진열대에서 집집마다 냉장고에서
세상의 모든 달걀들아
궐기하라……
깃발이 없어도
노오란 봄에 불현듯 피어나는
방향이 없어도 우후죽순같이
노오란 개나리꽃처럼 궐기하라

잠옷을 입은 채로라도 광화문 네거리에서 만나
노란 털이 조금 보이는 피 묻은 이마로라도
서로 꿈을 훔쳐보며
날아가는 달걀은 어차피 허무주의적 깃발!

몽유도원도

비단 두루마리에 먹과 담채
왼편엔 현실세계가 있고
오른편엔 도원세계가 있더라
왼편에서 오른편으로 비켜 올라가며 보았을 때
산은 날아가고
계곡은 아늑하고
수정처럼 맑은 물은 흘러내리는데
오른편엔 복숭아밭이 가득하더라
봉우리 봉우리마다 향그리움
봉우리 복숭아들의 향그리움
도원—
낮은 산은 부드럽고
복숭아밭은 높은데
낮은 봉우리와 계곡엔 선녀의 소맷자락 같은 향기 가득
하고
사랑하는 사람들은 늙지도 않고 죽지도 않고
사랑하는 사람들끼리

안평대군이 꿈에 본 도원
안견이 그렸고
성삼문이 노래한
몽유도원

진주 기르기 2

오선지의 악보는 굳어버린 듯하였다.
저공비행의 헬기 위에서
화염방사기로 하얀 폭양을
무차별 난사하고 있는 듯한
여름날 오후,

도 레 미 파 솔 라 시……
도 레 미 파 솔 라 시……
그 불안한 '시'에 걸려
아무것도 올라가지 못하고 있었다.

뜨거운 아스팔트 위에서
노점상 아줌마는 구루마 위에
화덕 두 개를 올려놓고
하얀 김이 펄펄 날리는 옥수수를
찌고 있었다.
한 화덕 위에선 홍합 조개 국물을 끓이는
흰 수증기가 부들부들 떨면서
아줌마의 얼굴과 목을 마구 조이고 있었다.

사람마다 자기 아우슈비츠를 갖고 있다고
말한 사람이 있었지,
아우슈비츠,

아우슈비츠,
양계장의 닭들이 삼천 마리나 떼죽음을
당하던 시간,
사천 마리의 돼지떼들이 폭염 때문에
한꺼번에 몰살당하던 시간,
대체 저 여인은 누구를 사랑하기에
이 뜨거운 아스팔트 위에서
화덕을 두 개나 껴안고도
지상에서 유일하게 움직이는 생물이
될 수 있었을까,

도 레 미 파 솔 라 시……
도 레 미 파 솔 라 시……
그 뜨거운 '시'에 걸려
아무것도 움직이지 못하고 있을 때
화덕을 껴안은 그녀의 사랑은
그 불안한 '시'의 목울대를 훌쩍
뛰어넘어
흑인 영가처럼
재즈, 블루스처럼
가장 낮은 生의 옥타브를
푸르게 푸르게 탄주하고 있는 것이었다.

4부

천의 아리랑

1. 가슴속의 피아노

누구나 한번은 떨어지고 싶어 한강으로 간다,
가슴에 검은 피아노 한 대를 질질 끌고
한강 다리를 취중 횡단……
야, 이 미친년(놈)아, 너 죽고 싶어?
흠뻑 쌍욕을 먹어본 적이 있다, 죽고 싶으면 저나 혼자……
환장……
뒤통수에 따라오는 빛나는 쌍욕의 훈장을 끌고 강가에 서면

그런 떨어지는 것들이 모두 모여 강물이 숨을 쉰다,
이렇게 많은 피아노들이 한강에 떨어졌는가,
달을 주렁주렁 매달고 미친 피아노들이 숨을 쉰다,
강물은 숨결, 숨결은 이야기, 누군가의 숨결, 산맥의 이
야기,
오늘 밤에도 누군가
한강 물속에서 녹슬고 부서진 벅찬 피아노의 탄식을 듣
는다,

사랑이란 그렇게 시작되는 것이다,
나의 가슴 안에 있는 아리랑이
너의 가슴 안에 있는 아리랑을 알아보는 것이다,
1890년대 후반 이자벨 버드 비숍 여사는 네 번의 조선 여

행 중에 알아보았다,
　조선 백성들의 존재 이유는
　오직 피를 빨아먹는 흡혈귀들에게 피를 공급하는 것뿐이
라고,
　아리랑이 있었고 아리랑은 명사가 아니라
　동사요
　서로 가시를 내밀어 부비며 쑤시며 마구 찔렸어도
　다만 흘러내리는 피가 더웠기 때문이다

　사랑이란 그런 것이다,
　너의 가슴 안에 있는 아리랑이
　나의 가슴 안에 있는 아리랑을 만났을 때
　모든 피아노에 흰건반과 검은건반이 있듯
　생소하지가 않아서, 혈연처럼 참회처럼
　온갖 독극물과 피와 쥐약과 정액에 시체 방부제까지 섞인
　더러운 한강 물속으로 뛰어들려다가
　잠시 멈춰
　네 가슴의 녹슨 피아노를 손으로 어루만지듯
　미친 아리랑을 피아간에 아득하게 들어주는 것이다

2. 부용산

장사익의 〈찔레꽃〉이나
이애주의 〈부용산〉이나
그런 노래 듣고 있을 때
일천 개의 가을 산이 다가오다가
일천 개의 가을 산이 무너지더라도
13월의 태양처럼
세상을 한번 산 위로 들었다 놓는 마음

노래가 뭐냐?
마음이 세상에 나오면 노래가 된다는
장사익의 말……
그래서 아리랑이 나왔지,
하얀 꽃 찔레꽃 찔러 찔려가며
그래서 나왔지, 찔리다 못해 그만 둥그래진 아리랑이
둥그래진, 멍그래진,
찔렸지 울었지 그래 목놓아 울면서 흘러가노라

장사익의 〈찔레꽃〉이나
이애주의 〈부용산〉이나
그렇게 한번 세상을 산 위로 들었다 놓는 마음
13월의 태양 아래

찔레꽃 장미꽃 호랑가시 꽃나무가
연한 호박손이 되고 꽃순이 되고
흩어지는 민들레 홀씨로 날아갈 때까지
마음이 마구 세상에 흘러나오고 싶은 그 순간까지
숨을 참고 기다리다
하늘만 푸르러 푸르러
그런 아리랑

3. 론도 카프리치오소

피를 팔아 산 피아노의 이야기와
피를 팔아 산 피아노가 밥이 된 이야기와
피를 팔아 산 쌀이 밥이 되었다 똥이 된 이야기와
그런 똥과 오줌이 또 내 피가 된 그런 이야기
피아노에 묻은 피, 그런저런 이야기들이
강물 속으로 흘러들어가고 있다

돌 속의 물고기와
빙하 속의 물고기와
청산가리 속의 물고기여
5 · 18 부상자 중 10%는 자살이요
자살이라네
가자 가자 흘러가자
세상에서 가장 아름다운 빛깔
델마와 루이스가 영화 마지막에 차를 몰고 투신하던
그 절벽,
그 절벽의 분홍색 흙의 빛깔, 극락의 빛깔,
그랜드 캐년도 먼 옛날엔 바다 밑에 있었다
어떻게 해서 그렇게 아름다운 빛깔을 얻었다,
그렇게 갑자기 바닷속의 피아노가
피 묻은 가슴으로 산 위에 우뚝 솟았다,

물속의 피아노가 갑자기
산 위의 피아노가 되는 날,
갑자기 절벽의 이야기가 되는 날, 솟구쳐
돌 속의 물고기와 빙하 속의 물고기와
청산가리 속의 물고기가
다 같이 함께 만세 부르며
푸르른 하늘 밑에 분홍색 극락으로 푸르러 푸르러

4. 배고픈 승냥이의 노래

어디야, 어디야,
명사계가 어디야,
어디야, 정말, 명사계가 어디야,
누구야, 정말, 응? 어디 가야, 어디 가야?
거울이 원죄야, 이름이 원죄야, 아니 다,
밥이 원수야, 꿈이 원수야

오늘도 그냥 일용할 고통이
쓰레기 같은 거울 산을 이루고
거울 앞에 나를 세워놓고 부려먹고 부려먹고 또 부려먹고
이 산 너머 가면 명사계 있냐고
저 산 너머 가면 명사계 있냐고
거울 뒤로 가야 명사계 나오냐고
태산 같은 땀과 태산 같은 피 흘리며
명사계가 어디냐고

어디 가야 우리 어머니 만나요?
어디 가야 내 사랑 다시 만나요?
어디 가야 해와 달 함께 만나요?

5. 밥의 아리랑

용산이나 마포, 밥집이 많은 거리로 올라가
밥을 먹는다,
곡기를 끊고
하늘도 무심하시지…… 땅을 쳐야 할 상황인데도
무심하지 않으면 하늘이 아니지…… 의젓하게
혼자서 밥을 먹는다,
아리랑은 밥이다…… 아니 물에 만 밥 같은 것……
얼굴에서 얼이 다 빠지니
굴만 남았다

굴속으로 설렁탕 국물이 막 흘러들어간다,
생판 첨 비가 너무 많이 와
얼이 다 빠져수다……
괜히 제주 방언을 말해본다,
부담주기 싫다며
허리에 돌 24kg을 묶고
자기 집 우물 속으로 몸을 던져
빠져 죽은 어느 할머니가 있다,
첩첩 굴속에서 정선 아리랑이
설렁탕 국물을 따라 아련히 휘돌아든다.

윤무……
뱃속으로 휘돌아드는 노래가 있다,
얼이 다 빠져수다…… 의젓하게
얼이 빠진 굴을 들고 앉아
거울 너머 창자 속으로 흘러가는 아리랑을 바라본다,
하늘도 무심하시지……
무심하지 않으면 하늘이 아니지,
설렁탕 국물이 아련히 창자 굽이를 휘돌아든다,

그 노래가 쓰리다……

6. 흙보다 아름다운 책은 없다

어쩌다 하늘 공원까지 왔어요,
하얗게 머리 풀고 흔들리는 망초꽃 홀씨와 억새들,
저 스스로 왔다가 저 홀로 물결처럼 흔들려요,
그때는 사랑인 줄 모르고
발버둥 치며, 지나간 시간들,
구름에 목을 걸고 살아요,
구름이 흔들리면 온몸이 나부껴요,
밥줄이란
목에서 위까지 걸려 있는
그 줄이래요,
밥이 법이다
그런 말은 싫은데
몸의 한가운데, 흉곽에 피아노 철사 줄이 흔들거릴 때
엘리 엘리 라마 사박다니
목구멍 속으로 울부짖는 피아노가
터져 나오려고 해요
입을 다물고 가만히 있으면
할머니도 그렇게 아팠을 거예요,
할머니도 그렇게 외로웠을 거예요,
흙이 불러요
산이 불러요

물과 바람이 불러요
막 불러요, 뿌리쳐도 불러요,
소리치며 불러요, 휘몰아치며 불러요,
흙이 그리워져요,
흙이 향기로워져요,
흙 속에 기억들이 빛나요,
할머니,
흙이 막 날아와요,
흙 묻은 억새 풀잎들이 마구 휘몰아쳐
얼굴을 덮으며 날아와요,
흙에도 날개가 뻗치는 그런 날이 있나봐요,
그런 날
흙이 시집이에요,
흙이 전기(傳記)예요,
흙이 자서전이에요,
흙보다 더 아름다운 책은 없는 듯해요
그러고 보니 할머니, 할머니란 말 속에 흙이 들어 있네요
흙은 여인들의 아리랑이에요
할머니……

너, 정저(井底), 덕혜옹주

나, 데스벨리, 혈루병 여인,
사마리아 우물, 덕수궁의 금지옥엽,
백 년 동안이나 정저 속에 내려온 나의 궁전,
나, 목소리, 하나의 목소리,
우물 속의 괴로움,
백 년 동안이나
흘러가지 않는 것들의, 흘러가지 못하는 것들의 괴로움,
캄캄함 속에서, 거미나 박쥐, 불개미나 부나비,
바스락거리는 검은 웅성거림……
메아리, 거기, 거기……
백 년 동안이나 이렇게 야위어 나 여기 남아 있네,
하나의 정저, 그림자 여자…… 세 여자들

세 명의 여자, 세 개의 공간, 세 개의 시간들,

너, 1923년 영국 리치몬드 교외의 하루,
버지니아 울프는, 니콜 키드먼,
『델러웨이 부인』에 관한 구상으로 머리가 가득하다,
동생네 가족이 런던에서 온다는데 마실 차가 없다,
불현듯 기차를 타고 그녀는 급히 런던으로 가야 한다고
생각한다, 급히 기차를 타고,
가정부가 음식 만드는 소리에 머릿속 뼈들이 부서진다,
아파, 언제나 가득 찬 회색의 신경쇠약,

무작정 뛰쳐나가 기차역으로 간다,
레나드, 당신을 사랑해요,
당신이 아니라면 누가 나를,
애초부터 성관계를 거부한 부부 생활, 이 부서지는 신경
쇠약의……

나, 1923년, 어느 망국의 하루,
조선 제26대 황제 고종과 후궁 복녕당 양귀인 사이에서
1912년, 아버지의 회갑에야 태어난 찬란한 딸,
덕수궁의 금지옥엽……
아버지는 나를 위해 덕수궁 안에 유치원을 지어주었네,
일제에게 딸을 빼앗기기 싫었던 내 아버지,
1919년 황실의 시종 김황진의 조카
김장한에게 약혼시켰네,
황족은 일본에서 교육시켜야 한다는 일제의 요구에 의해
1925년, 나 일본으로 끌려갔네,
봄 같은 약혼은 부서지고
어둠의 웨딩드레스,
1930년 봄부터 나, 몽유병 증세가 나타났어,
머릿속에서 뼈들이 부서지는 회색의 신경쇠약,
나, 무작정 집을 뛰쳐나가 급하게 기차를 타야 한다고
잠옷을 입고 기차역에 서 있기도 하였네

너, 1951년 미국 LA의 어느 하루
『델러웨이 부인』을 읽는 로라, 줄리안 무어,
둘째 아이를 임신한 그녀는 남편의 생일 케이크를
만들려고 밀가루에 물을 붓고 반죽을 한다,
밀가루에 적정 양의 물을 붓고
밀가루 반죽을 잘 한다는 게 얼마나 어려운가,
오븐 속에서 케이크를 잘 굽는다는 게 얼마나 어려운가,
남편의 생일 케이크 만들기에 실패한 로라,
쓰레기통에 케이크를 쏟아붓고 마는 로라,
그런 것을 잘 못 하는 여인들이 있다,
로라는 세 살 난 아들 리처드를 이웃에 맡기고
무작정 차를 몰고 급하게 호텔로 달려간다,
자살하려고 간다,
흩어지는 약병들,
침대 아래서 환상처럼 물의 폭포가 솟아오르고
그녀는 흡족하게 한 번 자살하고
풀이 죽어 집으로 돌아온다,
둘째 아이를 낳으면 집을 떠나리라……

나, 1951년, 그해 나는 이혼했다,
대마도 섬의 주인인 소다케유키〔宗武志〕와 강제 결혼하여
결혼 2년 뒤 딸 마사에〔正惠〕를 낳았어,
대한제국의 옹주가

조그만 일본의 섬 백작과 정략결혼을 한다니!
　　다이쇼 천황의 부인인 사다코 황후의 주선으로
　　가난한 소다케유키의 재정난을 덜어주려고
　　지참금이 상당했던 나를 맺어준 거야,
　　처음엔 조금 행복하기도 했어,
　　딸을 낳고 정신병이 재발했어,
　　몽유병과 향수병과 정신병 사이에서
　　요양과 재발과 발광 사이에서
　　난 무작정 급히 집 밖으로 뛰어나가려고 했어,
　　그들은 가두고 묶고
　　발목에 족쇄를 채우기까지 했네,
　　1951년이라니, 사다코 황후가 사망하자
　　그해에 난 이혼을 했어,
　　몇 년 전 조국은 해방이 되었다는데
　　아버지 어머니 아무도 남지 않은, 왕국 아닌 나의 조국,
　　일본의 병원 외에 갈 곳도 없어서
　　거기, 거기, 거기…… 정저, 난……
　　현해탄에 빠져 죽었다는, 아니 야산에서 변사체로 발견
되었다는
　　마사에, 내 딸, 내 딸, 정혜……

　　너, 2001년 미국 뉴욕의 어느 하루,
　　'델러웨이 부인'이라 불리우는 출판인 클라리사, 메릴 스

트립이,
  맨해튼 꽃 가게에서 꽃을 사고 있네,
  양동이에서 가슴께까지 붉은 꽃을 번쩍 들어올리지,
  그때 가슴에서 피가 분출하는 줄 알았어,
  그녀는 옛 애인 리처드의 문학상 수상을 축하하기 위해
  파티를 준비하는 중이야,
  그는 어린 시절 자신을 버린 엄마 로라가 준
  상처를 글로 쓰며 살아왔지만
  지금은 에이즈로 죽어가고 있어,
  클라리사는 리처드를 찾아가지,
  곧 손님들이 올 시간이야,
  그를 데리고 그녀의 집으로 가야 할 시간인데
  이야기를 나누다 말고 그는 그녀의 눈앞에서
  무작정 5층 창밖으로 급히 뛰어내렸지……
  투신자살을 한 리처드의 장례식에 찾아온 로라……

  그렇게 우리는 만났다 헤어지고 헤어졌다 만나네,
  1962년 난 오랜 일본 생활을 마치고
  창덕궁 낙선재로 돌아왔어,
  몽유병과 향수병과 정신병과 중풍 사이 시간은 흐르고
  대한제국의 마지막 옹주는
  20년간이나 호적도 없이 해방된 조국에서 살았지,
  귀국한 지 20년 만에 호적이 만들어졌고

실어증과 치매와 너무 많은 질병으로
1989년 4월 21일 난 죽었어,
일본 여인과 재혼했던 남편도 1985년 이미 죽었어,
마사에, 정혜…… 현해탄의 파도가
실어증의 우물 속으로 불어올 때
난 로라의 마음을 알 것만 같아,
남편의 생일 케이크를 만들다 말고
아들을 이웃집에 맡기고
무작정 집을 나가 급히 호텔로 죽으러 갔던 여자,
먼 곳에서 도서관 사서로 일한다는 로라는
리처드의 생전에 아들을 만나러 가지 못했고
장례식날에야 뉴욕에 도착했네,

나, 너, 우물 속은 우리의 덕수궁, 정저, 사랑의 정저,
시간의 정저, 바람의 정저, 역사의 정저, 사마리아 우물,
데스벨리, 저 정저……
흐린 부싯돌 같은 내 얼굴,
천 년 후 만 년 후
언젠가 나를 찾으러 올 너의 얼굴,
생전에는 나를 찾지 않았던
그 부싯돌 같은 너의 꽃 같은 젊은 얼굴과
재의 부싯돌 같은 흐린 내 얼굴이 만나 부딪쳐
정저의 캄캄함 속에

양동이에서부터 가슴께까지
붉게 일어서는 한 다발의 핏빛 불꽃으로 당겨지려고

네 명의 여자, 네 개의 공간, 네 개의 시간들……

희망이 외롭다 1

남들은 절망이 외롭다고 말하지만
나는 희망이 더 외로운 것 같아,
절망은 중력의 평안이라고 할까,
돼지가 삼겹살이 될 때까지
힘을 다 빼고, 그냥 피 웅덩이 속으로 가라앉으면 되는
걸 뭐……
그래도 머리는 연분홍으로 웃고 있잖아, 절망엔
그런 비애의 따스함이 있네

희망은 때로 응급처치를 해주기도 하지만
희망의 응급처치를 싫어하는 인간도 때로 있을 수 있네,
아마 그럴 수 있네,
절망이 더 위안이 된다고 하면서,
바람에 흔들리는 찬란한 햇빛 한 줄기를 따라
약을 구하러 멀리서 왔는데
약이 잘 듣지 않는다는 것을 미리 믿을 정도로
당신은 이제 병이 깊었나,

희망의 토템 폴인 선인장……

사전에서 모든 단어가 다 날아가버린 그 밤에도
나란히 신발을 벗어놓고 의자 앞에 조용히 서 있는
파란 번개 같은 그 순간에도

또 희망이란 말은 간신히 남아
그 희망이란 말 때문에 다 놓아버리지도 못한다,
희망이란 말이 세계의 폐허가 완성되는 것을 가로막는다,
왜 폐허가 되도록 내버려두지 않느냐고
가슴을 두드리기도 하면서
오히려 그 희망 때문에
무섭도록 더 외로운 순간들이 있다

희망의 토템 폴인 선인장……
피가 철철 흐르도록 아직, 더, 벅차게 사랑하라는 명령
인데

도망치고 싶고 그만두고 싶어도
이유 없이 나누어주는 저 찬란한 햇빛, 아까워
물에 피가 번지듯……
희망과 나,
희망은 종신형이다
희망이 외롭다

해설

빙하에 내리는 비

허윤진(문학평론가)

인간적 희망은 짐승입니다.
정말이지, 인간 안에 있는 힘세고 사나운 짐승입니다.
— 조르주 베르나노스, 『어느 시골 신부의 일기』 중에서

해빙의 언어

아이스링크에 누워 있는 여자의 목 위로 스케이트 날이 지나갈 것만 같은 삼엄한 계절이다. 새들조차 하늘 안에서 얼어붙을 것만 같다. 사람들은 추위를 피해 종종걸음 치며 따뜻한 곳을 찾아가지만, 김승희는 얼음 속으로 걸어 들어간다. 왜냐하면 시인은 인간이 아니니까. 시인은 늘 "빙하를 뚫고 죽음을 살리려는 오르페우스"의 애인이니까. "인간보다도 못한" 저승의 악사이니까.

김승희에게 추위는 어쩔 수 없는 고립과 유폐의 운명 같은 것이다. 라푼젤에게 유폐는 높이의 문제였지만, 김승희에게 유폐는 기온의 문제이다. 주위의 온도가 37.5도보다 낮아지면 시인은 시름시름 앓기 시작한다. 그녀는 자신만의 위독을 앓고 있다. 몰아닥치는 폭설이 만들어낸 봉쇄의 자리는 시인을 위한 수도원이 된다. 아무도 없는 텅 빈 "봉쇄 수도원"에서 그녀는 자신보다 앞서 그곳에서 살았던 옛날의 수도사들을 떠올린다. "이상, 김유정, 윤심덕, 백석" 같은 사람들. 그녀는 사람들이 사라진 자리에서 사람들의 무덤을 화관(花冠)처럼 이고 산다. 완고하게 굳어 있는 백색의

134

사면(四面), 얼음의 열주(列柱)가 그녀의 거처를 이룬다.

아, 이제 또 어떻게 밖으로 나갈까. 우리는 신자유주의를 비롯한 완고하고 냉정한 벽 속에 갇혀 있다. 늑골을 파고드는 얼음의 칼날이 끔찍하다(「서울의 우울 3」). 그녀는 얼음 면류관을 쓰고, 얼음 칼에 찔린다. 연하고 붉은 사과 같은 살이 저며지는 시간, 그녀는 연탄집게를 든 초라한 모습으로 대로에서 길을 잃는다.

빙하 속 나비의 운명이 때로는 너무 버거워, 그녀는 따뜻하고 안락한 도시의 아파트로 도망 와 난민의 삶을 산다. 부의 상징인 한 전자 회사의 양문형 냉장고에서 그녀는 설원의 묘를 본다. 지금의 그녀에게 희망은 집행되지 않은 사형선고와 같아서, 삶의 가능성을 품고 있는 '달걀'은 "시간의 연옥"이 된다(「달걀 속의 생 6」). 천국으로도 지옥으로도 갈 수 없는 영혼들이 구원의 아스라한 기미를 밧줄 삼아 매달려 있는 그 시간이 달걀 속에 들어 있다. 우리는 연옥의 가능성으로 지옥을 쇄파하면서 나아가기에, 작은 달걀 하나는 마치 다윗의 물맷돌처럼 또한 단단하기 그지없다.

우리의 힘만으로는 싸울 수 없었던 나날들에, 우리는 한 줄기 빛을 찾아드는 하루살이들과 같았다. 섬광이라고 생각했던 것이 시체 보관소 같은 냉장고 속 차디찬 불빛이라는 것을 모른 채로. 이지적인 그녀는 냉장고의 불빛에서 헤밍웨이의 불빛을 본다. 헤밍웨이의 단편소설 「깨끗하고 불빛 밝은 곳A Clean, Well-lighted Place」에서처럼 마음에 공허를 품은 사람들은 빛을 갈망한다. 설사 그 빛에 아무런 온기가 없다 해도. 과연 누가, 값비싼 냉장고를 사서 빛이 있는 삶을 살고 싶어하는 가난한 사람들을 속물이라고 비난할 수 있겠는가.

빛이 열을 전달하는 이상적인 상태는 계절의 변화와 더불어 온다. 얼음을 뚫고 깨고 피어나는 꽃들은 상승하는 기온이 만들어낸 유채색의 조형물이다. 물은 여자의 젖무덤처럼 풀리고, 꽃은 젖을 빠는 아이처럼 힘이 세다. 그렇다면 붉은 흙 같은 열정은 이 대지를 비옥하게 하는 완전한 축복인가? 추위를 몰아내는 한 인간의 정열은 또 그만한 몫의 과업을 대가로 요구한다. 「진주 기르기 2」에서 더운 여름날 화덕을 지키고 서 있는 노점상 여인은 음식을 사가는 사람이 되었든 음식을 먹일 자식이 되었든 사람들을 사랑한 죄로 연옥을 지상 위에서 미리 경험한다. 흰 수증기가 올라오는 화덕은 아우슈비츠의 가스실처럼 그녀를 질식시켜버릴 것 같다. 불과 싸우고 있는 한 여자의 삶은 시라는 불속에서 타버리기 직전이었던 김승희를 구해낸다. 북극의 추위도, 적도의 더위도, 지상의 삶은 공평하게 난처하다는 것을 증명하는 오늘의 날씨일 뿐이다.

시인이여, 우리는 과연 무엇을 붙잡고 오늘 이 빙벽에 매달려 있어야 하는 것인가. 죽어나간 사람들의 뼈가 천지에 가득하다. 「서울의 우울 6」에서 서울은 히말라야보다도 더 높고 험한 곳이다. "서울은 칼날로 이루어진/ 칼날 능선이다". 도시에 가득한 마른 뼈의 무덤에 언젠가 한 줄기의 바람이 불고 뼈들이 다시 살아나 사람들의 무리를 이룰 수 있을까? 그런 회복의 꿈은 과연 이 칼날의 산맥에서도 가능할까?

『희망이 외롭다』의 1부에 수록된 대부분의 시들에서 시인은 한국어의 이삭을 줍는다. 그녀가 주운 이삭들은 '비로소' '이미' '아랑곳없이' '그래도' '부디' '하물며'와 같은 부사들이다. 문법에 맞는 문장을 만드는 데에 반드시 필요하지는 않지만, 문장에 적절한 활기를 부여하려면 없어서는 안 되는 말들이다. 특히나 명사와 형용사보다는 동사와 부사가 언어의 정취를 결정하는 한국어의 세계에서 부사는 동사를 단장하는 마지막 손길 같은 것이다. 시작(詩作)에 있어서 한 번도 탐미주의자가 아닌 적 없었던 김승희에게, 부사는 헤어짐의 순간까지 손을 놓고 싶지 않은 연인과 다를 바가 없다.

이삭을 줍기 위해서는 허리를 숙여야 한다. 국어사전의 한 귀퉁이에서, 소박하게 낡아가는 단어들 앞에서 기꺼이 허리를 숙이고 무릎을 꿇는 이 시인의 자세에서 나는 윤리란 무엇인가를 다시 생각한다. 긴 시간 동안 한국어를 갱신해 온 이 놀라운 시인이 한낱 단어들 앞에서 허리를 숙이고 있는 풍경. 자기 몫의 아우슈비츠를 버텨내는 행상 여인처럼 이 시인은 이렇게 자기 몫의 자세를 감당해왔을 것이다. 시인이 언어의 재벌이 아니라 언어의 빈자(貧者)라는 겸허

한 인식은 그 깊이를 알 수 없이 도저하다.

시인은 자신을 구원할 한 줌의 언어를 온몸으로 갈구하는 사람이다. 언어의 섬광이 자신의 골수와 영혼을 꿰뚫고 뒤흔들어 영혼에 지각변동이 일어날 때까지, 도래할 말을 기다리며 눈물 젖은 얼굴로 온밤을 새우는 사람이다. 수혈되지 않는 언어를 기다리며 매일의 빈혈을 가까스로 버티는 사람이다. 그녀는 상에서 떨어진 음식 부스러기 같은 말들을 제발, 부디, 달라고, 부끄러움 없이 손을 내밀고 신에게 언어를 구걸한다. 부지불식간에 언어의 아사(餓死)를 겪고 있는 우리 모두를 위하여.

그리하여, 이 비참한 북극으로, 37.5도의 말이 오리라. 우리에게는 충분히 이른 비다.

역사와 신화

『희망이 외롭다』를 펴면 벤야민이 나온다. 파국 속의 잿더미에서 천사의 날개가 남긴 비행운을 보았던 철학자는 지옥의 국경을 지나 연옥으로 넘어와서 자살을 하였다. 벤야민도, 들뢰즈도, 어째서 자살을 했을까. 그들의 지식과 지혜로도 유한자라는 인간의 공통 운명을 감당할 수 없었던 것일까. 죽음 앞에 목을 내놓을 수밖에 없는 수동적인 인간의 삶에 오만하게 저항한 것일까. 그들은 그렇게 인간의 역사에서 퇴장하여 철학적 신화의 자리로 이적하였다.

신화(mythology)는 허구적인 이야기, 즉 미토스(mythos)를 만들어내는 작업이라고 할 수 있다. 이 세계에서 이해되거나 설명될 수 없는 부분을 사람들은 상상력으로 채우려 했다. 이 세계에 만일 신이 있다면, 하고 가정한 채 세계의 곳곳으로 편지를 띄우듯이 신에 관한 이야기를 만들어냈다. 그런데 진정한 신은 실재(實在)하며, 그 언어(logos)는 아름다운 허구적 신비 속에 남아 있는 대신 인간의 역사 안으로 들어오기를 선택했다. 비참을 각오한 일이었다.

사람들은 인간 이상의 존재를 상상할 때 인간에게서 볼 수 없는 이질적인 자질을 덧붙였다. 바슐라르가 『공기와 꿈』에서 쓰고 있듯이 그리스 신화의 헤르메스 신은 어디로든 빠르게 날아가 이야기를 전달하는 역할을 수행하기 위해 발뒤꿈치에 날개가 달려 있다. 역사를 부정하고 신화만을 믿는 이들에게 이야기는 비천한 것일 수가 없다. 더럽고 가난하고 천한 것에서는 인간의 한계를 초월할 수 없다고 보기 때문이다.

나는 신화의 추종자였다. 고정희는 썼다. "시문(詩文)이란 본디 신성하기 때문에/ 추한 속세를 논해서는 안 되고/ 민중 같은 말 따윈 말려 태워버려야 하고/ 아예 뿌리꺼정 뽑아버려야 하고/ 참된 예술이란 어디까지나/ 우주나 영원이나 사랑이 근본이니/ 속세의 잡사에서 발을 떼야 한다는" 주문을 외운 경건주의 율법사에 대하여.[1] 나는 오래도록 고정희의 시를 읽지 못했고, 주문을 외우며 김승희의 시를 읽었고, 김현이 이야기했던 첫 시집 『태양 미사』 시절의 좀더 화려하고 고상한 김승희를 동경하였다. 한 시인이 살면서 시를 쓴다는 것은 깃털에 진흙의 가속도가 붙는 일임을 전혀 이해하지 못한 채. 멀어서 더 아름다운 신화의 세계로 투항하는 대신 입에 침처럼 진득하게 고여 흐르는 언어의 세계에 머무르는 것이 육화(肉化)임을 나는 알지 못했다.

물은 참으로 정결한 것이다. 정결하지 않은 것들을 정결하게 해주기 때문이다. 역설적이게도 물은 정결해서 정결할 수가 없다. 온갖 더러움을 제 온몸으로 받아내기 때문이다. 김승희가 한강을 사랑하는 것은 한강이 아무것도 가리지 않기 때문이다. 사람들의 똥과 오줌과 정액과 피와 시체와 불온한 소식, 그 모든 것을 격렬하게 껴안고 물은 흘러간다. 흙은 지상의 붉은 강과도 같다. 흙 역시 그 어떤 것도 가리지 않고 자신 안에서 키워낸다. 제 살을 파고든 것들을 키워내기 위해서는 곡괭이에 살이 찢어지는 아픔을 견뎌야 하는데도 말이다. 그래서 『희망이 외롭다』의 물과 흙은 여성으로 비유했을 때 "할머니"에 가깝다. 제 자식을 키우고도 제 자식의 자식까지 들쳐 업고서야 안심하는, 지독한 여자.

그리스 신화에서 예술의 아홉 여신인 무사이 중 역사의 여

1) 고정희, 「현대사 연구 10─경건주의 시인에게 쓰는 백서」, 『고정희 시전집 1』, 또하나의문화, 2011, 485쪽.

신은 클리오(Clio)라는 이름을 가지고 있다. 차학경의 『딕
테Dictee』에서도 가장 아름다운 장면들이 역사의 여신 클리
오에게 헌정된다. 우리의 곁에는 그러고 보면 역사로 들어
온 클리오가 얼마나 많은가. 주위에 숱한 할머니들과 같이.
태초에 신화와 역사가 하나였던 시간을 여자는 기억한다. 회
의 속에서 깨뜨렸던 맹세와 약속을 기억한다. 첫사랑의 기
억을 잊은 사람들에게 역사와 신화는 별개의 문제이겠지만,
그 기억을 아는 사람들에게 신은 역사를 사랑하는 존재이고
역사는 신을 갈망하는 시간이다. 클리오의 입맞춤을 받은 김
승희는 과거와 현재와 미래를 잇는 이야기를 하려 노력한다.
　그렇게 그녀 안에서 문학사의 신화로만, 한때의 가족사진
으로만 남았을지 모르는 여인들이 만난다. 『희망이 외롭다』
에서 시인이 가장 애틋해 하는 인물 중의 한 사람은 허난설
헌이다. 난설헌의 방은 이 시집에서 차가운 허무로 채워진
공간으로 거듭 등장한다. 「난설헌의 방」이나 「달걀 속의 생
6」에서 난설헌은 극강의 추위에 시달리고 있다. 난초는 설
빙(雪氷)을 이기지 못하는가. 남자의 사랑을 받지 못하고
시혼(詩魂)을 인정받지 못한 채로 그녀는 부용꽃이 떨어지
듯 파리하게 죽어갔다. 젊디젊은 스물일곱의 나이로. 어둡
고 추운 방에서 시를 쓰는 그녀의 뼛속으로는 번개가 흐른
다(「난설헌의 방」). 마치 시집 『왼손을 위한 협주곡』(1983)
에서 뼈가 구멍이 뚫린 흰 피리가 되어 애끓는 죽음을 연주
하는 악기가 되었듯이. 머리가 시려서 "송이송이 타오르는

화관"을 쓴 난설헌은 서양 종교화의 성모처럼 제 몫의 수난으로 자기를 단장한다. 화관(花冠)인가, 화관(火冠)인가.

죽음의 순간에 눈을 감지 못했을 것 같은 젊은 여인은 비단 난설헌뿐만 아니다. 『희망이 외롭다』에서도 가장 아름답고 강력한 시편들이 모여 있는 「서울의 우울」 연작에서 김승희는 장자연을 특별히 더 기억하려 한다. 제목상 유사한 느낌을 지닌 보들레르의 『파리의 우울Le Spleen de Paris』은 황혼이나 여행처럼 투명하고 아름다운 단어들로부터 촉발된 단상이 담긴 우아한 산문시집이다. 반면 「서울의 우울」 연작은 우아한 비극보다는 가공할 만한 범죄물 연속극에 더 가깝다.

미국의 레즈비언 여성 시인인 에이드리언 리치의 미출간 시 중에는 「미국의 오래된 집으로부터」라는 시편이 있다.[2] 역사는 늘 지역적인 것이다. 아무런 기적이 일어날 것 같지 않은 촌동네, 내가 살고 있는 가난하고 작은 동네에서 역사가 일어난다는 것을, 시인들은 알고 있다. 알아서 자기 동네의 말로 자기 동네의 문제를 쓴다. 동네의 골목에 쌓인 폐자재에 대해 쓴다. 김승희는 시인이어서 서울의 아파트에 대해서, 위층에서 내려오는 변기 물에 대해서 쓸 수밖에 없다.

어미 같은 시인은 태생적인 고상함을 지니고서도 고상하

---

2) 에이드리언 리치, 『문턱 너머 저편』, 한지희 옮김, 문학과지성사, 2011, 247~272쪽.

게만은 말할 수 없다. 내 새끼 같은 것들이 죽어가고 있는데 학식이 교양이 다 무어냐. 황폐한 도성에서 죽어가는 어린 것들을 보며 창자가 찢어지고 피가 끓는 극한의 고통을 느꼈던 예레미야의 탄식이 이 시집에 황혼처럼 내려앉아 있다. 미디어가 두 번, 아니 수만 번 소비해버린 딸 같은 여자의 육체와 죽음 앞에서 김승희는 눈을 똑바로 뜬다. 장자연의 유서에 적힌 것은 인주(印朱)인가, 피인가, 아니면 꽃인가(「서울의 우울 7」).

역사와 신화와 문학이 한몸이 되는 가장 놀라운 시편은 「너, 정저(井底), 덕혜옹주」이다. 이 시에서 시인은 구술문학, 민속학 분야에서 말하는 '일상사'를 구술하는 방식으로 어떤 문학적, 역사적, 신학적 목소리를 재현해낸다. 마이클 커닝햄의 동명소설을 원작으로 한 영화 〈디 아워스The Hours〉와 덕혜옹주의 삶, 그리고 이 작품들을 엮으며 여성(문학)사를 다시 쓰는 시인의 삶이 중첩된다. 문학사의 신화인 버지니아 울프는 박제되는 대신 다시 한번 여성들의 일상으로 스며들어와 우리의 현재가 된다.

영화 〈디 아워스〉에 등장하는 버지니아 울프나 현대의 영미 여성들, 조선의 덕혜옹주, 이런 여성들은 대부분 결혼에 '적응'하지 못했다. 버지니아 울프처럼 레즈비언이어서든, 덕혜옹주처럼 식민지 조선인이어서든 말이다. 남들 눈에 흠 잡히지 않도록 행복한 아내, 행복한 주부로 살고 싶다는 백운(白雲)의 꿈은 어째서 늘 백일몽으로 끝나는가. 그녀들은 여러 남자를 전전하며 진정한 사랑을 갈구했지만, 그 어떤 남자로도 마음속의 깊은 우물을 채울 수 없었던 사마리아의 여인을 닮았다.

「너, 정저(井底), 덕혜옹주」에서 '나'는 시인 자신이기도 하고, 덕혜옹주이기도 하다. '너'는 〈디 아워스〉의 등장인물들이지만, 사실 그 어떤 여성이라도 좋을 것이다. 폭우가 내리지 않는 사막에서 비를 기다리는 심정으로, 시인은 우물 속에 고여 있는 "거미나 박쥐" "불개미나 부나비" "메아리" 같은 작고 무용(無用)한 것들을 건져낸다.

이 시에서 시인의 목소리는 우물 속의 어두운 그림자처럼 흔들린다. 만일 이 모든 여성들의 삶을 이야기하는 시인의 목소리가 프로파간다처럼 단성적이었다면, 우리는 시인의 진의를 의심할 수밖에 없었을 것이다. 소련의 공산주의 체제에 순응하지 않고 끝까지 '불온한' 이론적 입장을 견지했던 문예비평가 미하일 바흐친은 스탈린에게서 교조적인 목소리가 얼마나 위험한지를 보았다. 그렇기에 도스토옙스키의 소설에서 볼 수 있는 것처럼 작가의 목소리와 인물들의 목소리가 불일치하며 독립적으로 연주되는 다성(多聲)적인 세계야말로 정치적으로나 미학적으로나 혁명적인 것이었다.

김승희는 마치 소리꾼이 창을 하듯이, 시 안에서 여러 인물을 오가며 노래를 부르고 연기를 한다. 시인의 몸은 목소리가 드나들도록 창문이 온통 열린 집처럼 개방적인 공간이 된다. 덕혜옹주가 된 '나'가 자신의 운명을 쓸쓸한 독백 조로 읊는 부분은 현대적 허난설헌의 탄생, 현대적 규방가사의 탄생을 보게도 한다. 창은 열렸으며 장막은 비었고 너도, 나도, 병들었네. 검은 우물 속으로 천천히 가라앉네······

음악의 계단

『희망이 외롭다』의 마지막 부를 장식하는 시는「천의 아리랑」이다. 여섯 개의 '악장'으로 나눠져 있는 이 시에서 나는 처연한 희망을 본다. "내일의 빵"을 본다(「서울의 우울 17」). 우리의 일용할 양식은 음악. 우리가 불쌍히 여겨지기를 바라며 내는 신음 소리. 시인의 가슴속에는 검은 피아노가 한 대 있다. 랭보의 '취한 배'처럼 한강 다리를 배회하노라면 보이는 것은 미친 피아노들뿐이다. 검은건반과 흰건반이 만들어내는 아름다운 화음 같은 것은 없다. 우리는 궤도를 벗어난 미친 행성들처럼 광란의 탄주를 하고 있을 뿐이다. 그녀가 망가진 피아노처럼 뚱땅거리며 한강 다리를 활보하다가 상스러운 욕을 뒤통수에 주렁주렁 매다는 장면을 보면 어쩐지 마음이 시리다.

그녀의 말처럼 사랑한다는 것은 서로의 심장 속에 있는 음악을 알아듣는 것이다. 그녀가 이번 시집에서 특히 사랑하는 단어는 "아리랑"이다. 조선이 근대화 되는 과정에서 나

타난 애수와 비탄의 음악. 사랑은 활달한 장조풍의 개선행
진곡으로 오지 않는다. 인생의 슬픔을 알아보고 감싸는 단
조풍으로 온다.

　음악으로서의 사랑은 기다림을 수반한다. 하나의 음이 오
고, 또다른 음이 오고, 음악의 부호들이 악보의 거리에 하
나, 둘, 가로등처럼 켜질 때, 우리는 '기다리며 다가간다'(김
활성). 하나의 곡을 끝까지 연주한다는 것은 사실 얼마나 큰
인내심을 요구하는 일인가. 한 사람이 인생을 끝까지 다 사
는 일처럼. 나이가 들어간다는 것은 그래서 비극적인 일이
아니다. 비록 이 사회는 우리가 영원히 젊어야 한다고 강요
하고 있지만, 우리가 인생이라는 악곡을 완성하기 위해서는
계속해서 자신의 메트로놈에 기대어 음악의 끝을 향해 가야
한다. 마지막 부호를 남김없이 연주하는 그 순간까지. 「천의
아리랑」에서도 가장 아름다운 부분이라고 할 수 있을 다섯
번째 장(章) '밥의 아리랑'은 시간이 지날수록 더욱 깊어지
고 숙연해지는 인생이라는 음악에 귀 기울이게 한다.

　시인은 천천히 밥알을 씹는다. 배고파서, 먹고 싶어서 밥
을 먹는 것이 아니라 슬픔 속에서도 "의젓하게" 밥을 먹는
다. 감기에도 연습을 쉬는 나 같은 풋내기 악사는 꿈도 꿀
수 없는 대가의 태도이다. 다음에 올 음을 연주해야 하기 때
문에 아직 "곡기를 끊"어서는 곤란하다. 비어가는 밥그릇처
럼 그녀의 얼은 점차 사라지고 남는 것은 굴(窟) 같은 적멸.
텅 비어가는 존재에 뜨거운 국물 같은 유장한 가락이 흘러

들어온다. 삶을 마지막까지 단정하게 정리하려는 마에스트라의 태도는 결연해서 더욱 비극적이다. 주위에 폐를 끼치지 않기 위해 "허리에 돌 24kg을 묶고/ 자기 집 우물 속으로 몸을 던져/ 빠져 죽은 어느 할머니"의 태도처럼. 40년이 넘게 시를 쓴 그녀는 설렁탕 국물에서 "뱃속으로 휘돌아도는 노래"의 "윤무"를 보는 경지에 오른다.

시인은 살갗 아래의 살갗으로 세계를 받아들인다는 말이 있지만, 김승희는 창자로 세계를 받아들이고 있는지도 모른다. 세계의 조화로운 선율이 파괴되었을 때 그녀가 단장(斷腸)의 아픔을 느끼는 것은 그 때문일 것이다. 거리에서 뺨을 맞고, 얼어붙은 입이 터질 때마다, 그녀의 창자에는 회오리처럼 음의 폭풍이 일고, 그녀는 입으로 음을 토해낸다. 그녀가 우물 속으로 걸어 내려가고 있는 그 음악의 계단이 무섭다. 그리고 언젠가 그녀가 계단에서 얼어붙게 될 날이 무섭다.

「천의 아리랑」의 마지막 장에서 이제 그녀의 목소리는 완전한 음악이 된다. 인간이 내지르는 말에 과연 완전한 의미가 있을 수 있겠는가. 김수영의 「풀」을 연상하게 하는 빠른 장단의 노래를 부르며 시인은 이제 인간의 형상에서 흙 반죽으로 행복하게 귀향할 준비를 하고 있다. 한국어의 마에스트라는 '대지의 노래'를 부르며 음(音)들의 무덤에 떼를 입힌다. '할머니'라는 명사는 프랑스의 레종 도뇌르 훈장이나 영국의 데임(dame) 작위보다 더 귀족적으로 빛나는 그녀의 이력이 되리라.

켜지지 않은 등

승희, 처녀인 당신의 이름을 감히 불러본다. 나도 젊은 날
의 당신처럼 자살을 꿈꾸었고, 당신이 『33세의 팡세』를 냈
던 그 나이가 되었다. '학교 뒷산을 흔드는 바리톤의 목소
리'로 당신을 매혹했던 한 철학도 같은 그런 남자를 만났다.
당신과 함께할 수 있었던 일이 가슴을 치며 눈물을 꺽꺽 삼
키는 일이어서 나는 행복했다. 죽음 같은 법의 시간을 함께
가로지른 사람이 당신이어서 나는 살았다.
나는 당신을 응급실에서 만났다. 시라는 "응급실"에서.
응급실에 뿌려진 '슬픔의 비료' 속에서 나는 자랐다. 당신은
때로 모든 것을 포기하고 싶었을 것이다. 핸들을 쥔 당신의
모습이 시집이라는 거울에 자꾸만 비치는 건 당신이 그만큼
핸들을 놓아버리고 싶었다는 방증이리라. "신경이자 핏줄"
이 절망이어서 당신은 매일 절망했을 것이고, "낙원역"에
도착하기를 누구보다 간절하게 원했을 것이다. 심장에 구멍
이 나는 날에도 당신은 낙원상가에 영화를 보러 가는 마음
으로 지상의 운명을 견딜 것이다.
부모가 죽으면 자식은 삼년상을 치른다고 했다. 시라는
당신의 또다른 육체가 있어서 다행이다. 나는 언젠가 다가

올 당신의 상을 영원히 치르지 않은 채로 당신 언어의 후레 자식이 되겠다. 우리는 잠시 헤어지더라도 영원히 다시 만날 것이므로. 우리를 공통의 어둠에서 건져준 희고 약한 손가락에 감사한다. 당신의 시집을 위해 글을 쓰는 이런 화려한 영광을 누리게 될 줄을, 손목을 그으려 했던 그때에는 미처 알지 못했다. 당신이 사랑을, 문학을, 결국에는 포기하지 않았듯이, 나도 비루한 한 줌의 언어를 쥐고 당신처럼 연옥 같은 희망 속에서 살겠다고 지키지 못할 약속을 하려고 한다. 배신이 자식의 운명이므로. "죄의 깡통을 들고 피를 빌어먹더라"도, 나는 잠시 집에 돌아가지 않겠다.

김승희 1952년 전남 광주에서 태어나 서강대학교 영어
영문학과, 같은 대학원 국어국문학과를 졸업했다. 1973년
경향신문 신춘문예에 시「그림 속의 물」이 당선되어 등단
했다. 시집으로『태양 미사』『왼손을 위한 협주곡』『달걀
속의 생』『어떻게 밖으로 나갈까』『세상에서 가장 무거운
싸움』『빗자루를 타고 달리는 웃음』『냄비는 둥둥』등이
있으며, 산문집『33세의 팡세』, 소설집『산타페로 가는 사
람』과 연구서『이상시 연구』『현대시 텍스트 읽기』『코라
기호학과 한국시』등을 펴냈다. 현재 서강대학교 국어국
문학과 교수로 재직중이다.

— 문학동네시인선 034
희망이 외롭다
ⓒ 김승희 2012

— 1판 1쇄 2012년 12월 12일
1판 8쇄 2022년 5월 9일

지은이 | 김승희
책임편집 | 김필균
편집 | 김민정 강윤정 김형균
디자인 | 수류산방(樹流山房)
본문 디자인 | 유현아
마케팅 | 정민호 이숙재 한민아 김혜연 이가을 박지영 안남영 김수현 정경주
브랜딩 | 함유지 함근아 김희숙 정승민
제작 | 강신은 김동욱 임현식
제작처 | 영신사

펴낸곳 | (주)문학동네
펴낸이 | 김소영
출판등록 | 1993년 10월 22일 제2003-000045호
주소 | 10881 경기도 파주시 회동길 210
전자우편 | editor@munhak.com
대표전화 | 031) 955-8888
팩스 | 031) 955-8855
문의전화 | 031) 955-8895(마케팅), 031) 955-2678(편집)
문학동네카페 | http://cafe.naver.com/mhdn
북클럽문학동네 | http://bookclubmunhak.com

ISBN 978-89-546-1973-8 03810

www.munhak.com

문학동네